倡导诗意健康人生
为诗的纯粹而努力

阎 志
主 编

十支朱红

中国诗歌
【第77卷】

2016 / 5

主　　编：阎　志
常务副主编：谢克强
副　主　编：邹建军

编　委（以姓氏笔画为序）：
田　禾　叶延滨　李　瑛
祁　人　吴思敬　杨　克
张清华　邹建军　陆　健
林　莽　路　也　阎　志
屠　岸　谢　冕　谢克强

发稿编辑：刘　蔚　熊　曼　朱　妍
　　　　　李亚飞
美术编辑：叶芹云

编辑：《中国诗歌》编辑部
地址：武汉市盘龙城经济开发区
　　　第一企业社区卓尔大厦
邮编：430312
电话：（027）61882316
传真：（027）61882316
投稿信箱：zallsg@163.com

目　录　CONTENTS

4–15	头条诗人
5　十支朱红（组诗）	郭金牛
15　只有诗歌不嫌弃我，我也不嫌弃她	郭金牛

16–30	原创阵地

刘　苏　杏黄天　王彦明　宋　尾　吴颖丽　俪未央
林珊一一　兰　雪　黄　靠　韩　甫　苏美晴
海胜华

31–58	实力诗人
32　天界的诗	47　殷常青的诗
35　苏黎的诗	50　曾冰的诗
38　刘金忠的诗	53　张永波的诗
41　王鸣久的诗	56　陈满红的诗
44　新魏书的诗	

59–62	新发现
60　傍晚有只棕色的猫（组诗）	颜笑尘

63–69	女性诗人
64　心灵胶片（组诗）	苏若兮
69　因它而美	苏若兮

70–74	探索频道
71　天空之城与殇歌	罗鹿鸣

75–84	大学生诗群

陈万东　木　西　克宋夜雨　梁　沙　叶　谖
马珺舫　秦　帅　张　毅　赵文君　闫慧飞　蒋佳成

85–94	中国诗选

叶延滨　池　莉　沉　河　剑　男　阿　毛　张泽雄
毛　子　江　雪　向天笑

95–98	爱情诗页
96　我喜欢你是寂静的（外二首）	秋若尘

97	时间的欢喜（外一首）	红布条儿
98	心上秋（外二首）	木隶南

99–105　散文诗章
100	光与影的每个表情	海 叶

106–107　诗词之页
107	黄金辉诗词选

108–117　诗人档案
110	陈东东代表作选	
115	超现实的炫舞与形而上的抵达	南 鸥

118–128　外国诗歌
119	诺贝尔文学奖获奖诗人诗选	飞白 等 / 译

129–140　新诗经典
130	鲁藜诗选	
135	一位忧患于时代的歌者	马礼霞

141–145　中国诗人面对面
142	中国诗人面对面——余秀华读者见面签售会	余秀华　张执浩

146–150　诗评诗论
147	预言开辟的天空与梦想实现的大地	叶延滨

151–154　诗学观点
151	诗学观点	孙凤玲 / 辑

155–156　故缘夜话
155	诗语花香	朱 妍

封三封底——《诗书画》·程良胜书法作品选

本期插图选自 Claude Monet 作品

图书在版编目（CIP）数据

十支朱红 / 郭金牛等著.-北京：人民文学出版社，2016
（中国诗歌 / 阎志主编）
ISBN 978-7-02-011662-1

Ⅰ.①十…　Ⅱ.①郭…　Ⅲ.①诗集－中国－当代
Ⅳ.①Ⅰ227

中国版本图书馆 CIP 数据核字（2016）第 111194 号

责任编辑：王清平
装帧设计：海　岛
责任校对：王清平

人民文学出版社有限公司出版
http://www.rw-cn.com
北京市朝内大街166号　邮编：100705
武钢实业印刷总厂印刷　新华书店经销
字数 210 千字　开本 850×1168 毫米 1/16　印张 9.75
2016 年 5 月北京第 1 版　2016 年 5 月第 1 次印刷
ISBN 978-7-02-011662-1
定价 10.00 元

如有印装质量问题，请与本社图书销售中心调换。电话：01065233595

头条诗人
HEADLINES POET

GUO JIN NIU 郭金牛

湖北浠水人。现居深圳龙华。诗作被翻译成德语、英语、荷兰语、捷克语等多种语言。著有诗集《纸上还乡》。《纸上还乡》参加第 44 届荷兰鹿特丹国际诗歌节、捷克国际书展、德国奥古斯堡市和平节、上海国际书展。2015 年参加第 46 届荷兰鹿特丹国际诗歌节和柏林世界文化宫（HKW）"100 YEARS OF NOW"。获首届北京文艺网国际华文诗歌奖、首届中国金迪诗歌奖、首届广东省"桂城杯"诗歌奖、深圳市 2014 年十大佳著奖等奖项。

十支朱红

·组诗·

□ 郭金牛

工地上，想起一段旧木

我不在工地上，就在工棚里。
下雨。
稍息。
一名木工，男，30岁。正抚摩一段旧木，不像柳永
落寞时
就抚摸
红楼或青楼的阑干

第三层楼的妞最漂亮。许多年前
我最想娶她。
曾执手。曾泪眼。曾一副欲语未语的样子。
《雨霖铃》中。
我追她到宋代
打电话给柳七

七哥，七哥，
每逢梅雨至，
木工的手，便摸到宋词的某个部位，旧情
很难制止。

青梅。竹马。这样的一段旧木，身怀暗香
无论花多少年
她，从不生枝，散叶，
开花。

那 里

水面上
蜻蜓悬浮,用细细的尾部,浅浅地
触一下水面
又迅速离开。它频频做事,很认真的样子
不像成语说的那么肤浅。

车子起步,村庄变细,变瘦
我出了远门。
去。那里。这个动词,要在春天,要在早上
要在蜻蜓点水的时辰跟上。归人
都赶在黑夜。

换了大巴。
换了火车。
换了城市。

那里,河水,不会照见人的影子
那里,河水,不能淘米,洗衣,做饭
那里,河水,不是用来浇灌庄稼
那里,水稻,失去了良田。
那里,股票,超市,酒吧,夜总会
那里,电子,五金,塑胶,钢筋,水泥
那里,高铁,街道,大厦
那里,T台,野猫,催情粉
那里,
人民
在公园看山。望水。
在纸上种花。养草。

水墨浅浅。
蝴蝶穿花。江山如画。一天暗淡一点。
如果一切归零
谁来怀念人类?

十支朱红

张。一个四川女子,与我一起
一手拿着米粉
一手拿着工卡

在春天的减法中,奔跑。

嘀嗒、嘀嗒、嘀嗒
卡钟走路的声音听起来很轻巧
加起来就是一天,一月,一秋
加起来
剩下

一个湖北人
在工业区门口,用一碗素食米粉
填饱一只胃
保持404大卡的热能
保持从早晨八点开始啤机
至零点,不倒下。

一个四川人
七月,衣裳薄。
七月,流水薄。
七月,皮肤薄。
七月,官田制衣厂,加班的灯光薄
裁剪机的刀锋薄。
哎呀

十支削葱根
十支朱红
十支小红河
十支疼痛,在奔跑。我不敢抬头
多看一眼
要人不害怕一群红色
已不可能。

许·宝安区

前进一路
绿袖招兮,绿袖飘兮
画上走下来的女子
农历上,没有溅起一小点灰尘
立春多么干净。

当街,一支姓许的藕
莲步轻移。比春风稍胖
修长的小腿
被清水养育得多么白净

恰似一段春光，乍泄。

时间：二〇一一年
地点：宝安区
事件：姓郭的人，混在玉兰街
跨前一步
搂住一支藕：一位水中长大的
莲花

藕断了，我吃了一惊
站立不稳
河水乘机倒流了十七年
锦书摇了摇，
山盟摇了摇，
宝安区也摇了摇。

我虚构过的莲花，
荷叶，
藕，
她们，都姓许。

请勿翻动第五十三页

1

主气。
司呼吸。主行水。朝百脉。主治节。

肺。

每个人分到了
五叶。运送氧气。运送兰花的话语。运送
少年郎的谣曲。至
山梁。

肺里住着春天，春天住着
一只孔雀
飞下松枝。她亮起扇形的裙裾
紫、蓝、褐、黄、红。
分布许多漂亮的眼睛，像
爱情银行。

2

尘，这是一群最小的金子
会飞的煤
吹一口。它在离我们一厘米远的距离站住
吸一口，它就住进我们的肺里
兄弟呀
你开始气促、咳嗽，力弱；
拿不起一件工具，竟赶不走一粒灰尘。

我想，你遇到了敌人

一九九三年的水银
攻占了
一九六〇年的肺部
重。
金。
属。

石棉尘肺
煤工尘肺
石墨尘肺
炭黑尘肺
滑石尘肺
水泥尘肺
云母尘肺
陶工尘肺
铸工尘肺

3

请勿翻动第五十三页。
忍忍吧
少年郎
去南方，成肺痨。

需要跪着
咳痰。胸痛。咯血。
需要弯下腰来
乘火车
求医生
问黄连。

允许矿主，代表矿工，埋葬声音。
允许市长代表人民，举行庆祝。

请允许
张海超去郑州大学第一附属医院,让他
宽衣、躺下、在早春的手术台上

开胸。
验肺。

肺部
有煤床、有阴影、有纤维、有"合并感染"。
还可以
活三到四年。

许·白苹洲

退一步,我就碰到了秋天的
白露,许的皮肤就这么微凉
蒹葭为霜呀,
白露也为霜。

两处白露
一处白苹洲
被秋月,照了照,我退了一步
月色逼近了一步
我退入镜中。

再退一步
我就退了一千多公里
退入他乡。
但我退不出许。

许,脱下了绣花鞋。轻衫薄汗
追赶着蝴蝶,跟着桃飘
李飞
水袖里居住着香气
半醉吴音
多么媚好。

月亮离开了蒹葭
月亮离开了白露
月亮离开了湖北省
它走了一千多公里。

唉,镜中的许白露

画中的许蒹葭
没有生下湖北人的后代

嫌疑人

嫌疑人,他染了一身白
正在出租屋内磨刀
这多么危险。
一名小虫
捂住嘴巴,小声嘟哝:天啦

他要去罗租村
杀人。
一定是出了什么事,需要将一把刀
磨成一张

白纸。囚:四方体。黑可以埋住白
一波接着一波,没有几个人经得住
埋葬,骨头长满了黄金手上戴着一
对新铁,好像来年一对新诗。一朵
乌云跺了跺脚,飞快地走了,丢下

一块惊堂木
和雷声。

我则说不清楚
一张白纸种棉花,一张白纸磨白刃
一把刀
长得与我一模一样。

一把刀,行凶之前,像一张白纸没写上黑字。
一把刀,藏在我心中
谁也别想拿走。锅里
种有一群白米粥,一粒紧靠一粒。
少妇种有两朵白蘑菇,一朵与
另一朵对称。
等候确实迷人,恍若一个时辰之后,一首诗写完
白纸
腾出了更大的房间

一把刀,便失去踪影。

木工部的性叙事

天气转暖，雨水茂盛。木工部的李小梅
开始
惊蛰。

哎呀，小妹儿放弃了四川省，细腰袅袅，水袖摇
　　摇。
一只猫，潜至体内
蜜桃成熟。
青春初潮

李小梅爱上了猫步。
春天的一只小兽，要出来活动，说美就美
欲休不休，随她
乱走。

一千名女工，一千只猫，春天的声音庞大
猫爪小巧，
在铁架床的上铺和
下铺。徐徐辗转。
抓破美人之脸。

木工部的小郭，每天，时间被切成24小段
加班，吃饭，洗澡，睡眠。偷出其中
一小截。
此处，宜写小诗数首
可涉及
李小梅

趁春色，踏芭蕾，保持猫的神性，不弄出声响
一枚月亮，一枚美元，
各自来自不知名的小镇
低头，
坐进蚊帐。

惊多于定，小大于大。
铁架床，摇出了慌乱。

夜游图

一只女鬼，风尖托着她
走走停停。
轻飘飘地。青丝披散，很长很长，像三千愁绪
穿白衣，飘水袖。

一定会在大厦第七楼窗口，出。没。
她的秋波，游丝软系。
有时挂两条白练，有时结数朵丁香
大约

有一个少女在那儿
垂直地死去
垂直大厦
女鬼，想停一会儿就停一会儿，想走就离开
一定很漂亮
我想，我一定爱上了一只女鬼。

听说，她的名声不好，纸烛全无。

斑竹上的泪滴，都不是我们留下的

1

五更时分，一榜探花，尚在赴任
途中
公鸡打鸣，三声后
收走我的印信。

稍后的一个时辰，卿卿学会
打柴
淘米
做饭

父亲在七里半水田里耕作，我的身世持续低温
为什么我不生在唐朝？

一件事未曾明了，公主，半露圆润香肩，花灯一

路西去。
贞观十四年的事
玉
为何你在其中时隐时现？

2

卿卿
那雪下得正紧。有人对镜梳妆
母亲出门时，故意锁牢了柴扉。大红围巾，一前
　　一后
飘起
那是她带着美貌的大姐二姐
参加侄子的婚礼。

小吏从斑竹村北赴宴，卿卿从斑竹村南出走
翻过木格窗
我们轻手轻脚

雪过三巡，斑竹枝弯腰，鸟鹊成双，它们不想在
　　白纸上留下情书
细巧的眼波流转，打量
一对奔波的人，头上各顶一朵白云，被竹枝
绊到。

大雪，不紧不慢。

3

门前有斑竹。斑竹有泪痕。我曾经看过
泪
是旧的，数了一下
有一千多点
都不是我们留下的

卿卿一家，正乱，一个敌人的偷袭
最小的女儿不见。
小吏七品，顿足多时，关他什么事？

七里半，花半里
桃花不言
李花不语
卿卿
那正是我们离家，前往广东省，筹措粮草

三年内，不打算回来。

花苞开得很慢

花苞，开得很慢。
慢，太慢了，小小的女儿，上到小学三年级，需
　　要九年的
流水陪着我，不舍昼夜

在异乡，发生的这一切，都是值得的。

雁过也。
我师从候鸟，练习搬迁，在出租屋内乘船
在床上流浪。
江湖一词，我一试深浅
有两处存在危险。

贫穷
与
疾病。

唉，世事无常。

城中杂记

千万不要对着老人叫喊。
一只乌鸦，中国籍，蹲在树上
静坐，抽烟，翻阅《史记》，落下一小袋成语
埋下祸根
它多次使用化名，频频说出人间的凶兆。
把声音漆上黑色。与阎王关系，由隐喻趋向公
　　开。
接上转弯处，一条路，
正沿时间返回村子，
有人没有回来。有人摸黑将骨灰种上山腰
油葫芦，果蝇，蟋蟀，夜间出来觅食，交配，叫
　　喊
高一声低一声
它们，完全不用管住自己的嘴巴
本纪。
世家。
列传。

所现者，细小。所未现，巨大。趋向迷雾深处
送葬的队伍少了很多人

大风拦腰吹断。

一张晚照

父亲在南山的坡地上
点豆，种瓜
夕照里，他身影弯曲，迟滞
一定是时光捉走了他的壮丁，剩下
白花花的积雪。

暗中。
他一定想找回老地主的晚年。或东篱的菊花
暗中，他一定会支出银两
与家信：
我，在南山区
坐在天梯上
南山小小，向南走。东江细细
向东流。

不曾想到
积雪越下越大，大到将曾经白杨树一样
英俊的丈夫
压弯

黄土紧跟其后
春池在雨中掩泣。夕阳在西山里下葬。
临终
父亲把手势往下
压了压，似乎要降下
外省工地上缓缓上升的天梯，就像母亲弥留之际
  的
眼神

指向我十岁以内
一副中药
她对着白芷，鱼腥草，防风，当归
一钱一钱
吩咐得那么细心。

陈小橘

小橘，见字安好。笔起处
长江水，流经楼下的被砸的水果店，流经
湖北省

水。
洗过脸上的小雀斑并没有消失。
报纸盖住的江水并没有消失。

海上生蛾眉。

她在镜子里，观察对面的女子／描眉／擦胭脂
一弯白银的柳叶，白色的香味。
突然
江水，开出一朵

白百合。

事件的起因、经过和结果
涌现出来：
青丝，绾。青丝，落。我目睹过这万缕
千丝。
你肯定不知道

将名字忘记在水面上的人，身子
会突然变得很轻。
很轻。

玉兰路

玉兰路，没有长出一棵野草，我
担心，它的干净。
白虎
有秘密之美

有饱满而多汁样子。东路和西路，全长 16.5 公里
都是我干的
玉兰。有人说这是一株植物
有人说这是一个姑娘的名字

螺纹钢穿过她的身体
十字路口穿过她的身体
五金，电子，塑胶穿过她的身体
汗水，泪水，血液穿过她的身体
养着众多的畜牲
穿过她的身体。

玉兰路
海浪张开了蔚蓝色的阴唇。白云
在玻璃上擦来擦去。

小飘。汉水稍作停顿。

秋风吹过渭水。就割开了汉水薄薄的皮肤。
她痛得飞起来。

汉水稍作停顿。

这荡漾的性。这小飘的羽毛。这冷却的叙事
和江上往来的鸥鹭。
她们，怎样保持整段江水的谈吐和
江汉平原上的美学

诗经·小雅·鹿鸣之什

遗憾的是，我眼光短浅，看不见
刚才
你还是初中女生的样子，小衣衫上，一株植物
　　的碎花开得比较均匀。
吐出新鲜的、细小的氧气

怎么会这么美。

怎么会日织云彩三百匹
怎么会有雪白的刀子往雪白的手腕上划
像个坏光景中的人
尖叫。
操湖北口音。

灿烂的徐美丽

徐美丽。年方二八，丹凤眼，我简直就要爱上她
第十六个。春。

活着是一件多么好的事
徐美丽，双肩瘦削
左肩挑着一家四个人。
奶奶拾着空酒瓶，妈妈喝着先锋霉素，弟弟
上着初三。
右肩
扛起柴、米、油、盐。

徐美丽做着违法的事。被警察抓。没见她怎么说
　　苦
我。很难收回先前在娜娜发廊门前吐过的三次口
　　水。
说过的坏话：这么小，这么贱，这么淫荡
现在，这么爱她。
我有什么资格

写诗。对生活说三道四

一朵白云，正准备变黑

一朵白云，正准备变黑。

您看，广东省地界
两只蚂蚱，一前一后，进了石岩医院
既像兄弟，又像秋虫。是的
瘦的
小名唤作三郎

三郎，秋风起
落叶凉，此刻，你不是那个铁打的汉子
福尔马林漂白了你的男低音

主诉：
现病史：

既往史:
文字、符号、图表、影像、切片。
从此
三郎是路人。

兄弟。一只金属肺的形成,这该有多难呀。
李小惠的前夫死后
秋风似乎不会消停。

"写诗要注意安全"

文艺青年已老。人口
流动。
有车水。无马龙。不管怎么样,深南中路

警察拉起警戒线。
交感神经和迷走神经。分出支部

书记。
街道。

流向四处
岗夏是一个社区。出租屋是一个
词语。
都藏着一群不安的人
打工、开店、搬迁、逛街、
宅男
宅女

他们吃饭。喝水。睡觉。尿尿。
我开始紧张起来,需要中断几分钟,刚才说的那
　　条河,
它正在停电。
拐弯。
折向西去:"写诗要注意安全"。

看呀,河流的双眼。已干。

一个湖北人的快乐和忧伤

1

玉。
我不该写诗,骗你。说要把月亮摘下来当作镜子
或者,我们
搬到月亮上去住

左邻,是舞蹈学院的毕业生,她叫嫦娥
右舍,住着伐木工老吴
茕茕白兔
东走西顾

我们用银子下一场雪吧
我们用银子修一条洁白的公路吧
我们用银子让一条白色的河,继续流吧

浪费
雪花。银。月光。水。
它的温度,接近我们的体温,一点都不冷。
从一九九〇年起,我带着你
偷鸡,焚琴。走狗,煮鹤。拆叔伯哥的鹊桥

这个混蛋
一共
干了四件坏事。

2

玉。
老吴砍了桂花树,造了白纸,他在月亮上卖纸
我在地球上卖苦力。
一本白纸与雪花同时飘下

我
写了旧信。
写了旧诗。
撕下一页,揉成一团
潦草地
喝了一大碗米酒,碗是陶的,喝了一小杯高粱,
杯子是瓷的

都被我摔碎。对着一棵年长的桂树，踢了一脚
我不道歉。
桂花便落了下来
如同她，年年落在身上

桂花。酒。爱情。
玉。
谁嘴里含着甜甜的丝绸。

3

玉。
我不该写诗，骗你。说广东省
满地是金子。
我们到了广东省，我们到了深圳市，我们到了龙华镇
玉。在电子厂，Ａ位，工号 245。

我在松白公路做小工。
本周两天就下了三次雨
第一次是星期一，雨，在松白公路，追赶一只落汤鸡。
第二次是星期二，雨，在松白公路，逃跑时，跌断了一只细腿。
第三次也是星期二
雨，沉入了石岩水库。

一只鞋子，留在了水边。

旧人
去了台湾岛。
去了基隆港。
去了
…………

只有诗歌不嫌弃我，
我也不嫌弃她

□ 郭金牛

在深圳，我漂泊了二十余年，摆过地摊，从事过建筑工、搬运工、工厂普工、仓管等工作，尽管从事过多个工种，但我一直反复经历着这些地址：深圳市、宝安区、石岩镇、罗租村……一直以来，我对深圳的印象停留在"他乡"、"工业"、"乡愁"与"疾病隐喻"这些词语之上。

这些并不是我想要的。

我想要的是温暖。深圳给予了我温暖，也给了我悲伤。其实，无论多么冷漠的城市，都会有温暖在传递。记得我初来深圳时，结交到了一个作家朋友郭海鸿，他来自梅州。当时，郭海鸿在石岩镇文化站打工，负责群众文化这块，在站长谢传强的支持下，石岩文化站的墙壁上开辟了一个文化墙报《打工屯》，每月一期，刊载着打工妹打工仔写的诗歌散文等作品，并有稿费发放。这是多么优雅的一件事呀！后来，国际知名报纸《南德意志报》记者凯·施特里特玛特与《时代周报》安可馨采访我时，我曾谈到这个"文化事件"，他们非常惊讶，当然，它值得世界惊讶一下。

当时，郭海鸿一个人正往墙壁上张贴着墙报，墙报不住地随风飘起，他显得有些吃力，于是，我走上前去，帮忙按住纸张的一角，很快，墙报张贴完毕。郭海鸿在路边的一家小酒馆请我吃饭，二人相对而坐，陌生人就此相逢、相识，很快成了一对无话不谈的朋友。由于认识了梅州青年作家郭海鸿，我也因而迷上了这个搬运文字的游戏。

在石岩镇老街，郭海鸿的小木屋，曾聚集过很多过往文朋诗友，比如广西诗人安石榴、湘西作家曾五定，比如朋友赖世来、刘威、楚云、紫微……

我还见证了郭海鸿创办打工文学社和手抄《加班报》，并在石岩镇度过了他乡最初的漂泊日子。

郭金牛偶尔写诗，然后随手丢掉，就像挖墙脚外乡的工厂，用过他之后，随手将他丢进一辆公共汽车，然后，又被巴士像吐痰一样，丢在一个站台……

日子就这样继续着，现在，我在深圳龙华一处出租屋得以安身立命，打工之余，间或写上一两篇诗歌或小说，生活平淡而安静。2012年年末，我偶尔介入了网络上的一个诗歌大赛：北京文艺网国际华文诗歌奖。在网上，我认识了中国朦胧诗派的十大代表诗人之一杨炼先生，他就像邻家大哥一样亲切，谈诗，谈生活，谈思想……由此，我打开诗歌魔匣，开始在网络上写诗发诗帖。2013年6月14日，第44届鹿特丹国际诗歌节在美丽的荷兰海港城市鹿特丹举行，我的诗作《纸上还乡》有幸成为全球华语诗人20人20首诗之一参加了此次诗展。

此次诗展中，我与鹿特丹国际诗歌节主席巴斯·科沃特曼结下诗缘。2013年9月26日，我的诗集获得了国际华文诗歌奖，巴斯·科沃特曼来华，在北京大学的颁奖典礼上，他给我颁发了奖杯，我激动地拥抱了巴斯。

纸上还乡——无尽还乡，回归古往今来连接真人生和真语言的诗歌血缘。

正如诗人金迪所言，诗歌传递时间的温暖。是的，从一开始，诗歌在这个世界上，从来没有嫌弃过我，我也从来没有嫌弃过她。☒

原创阵地
ORIGINAL SECTION

刘苏　杏黄天　王彦明　宋　尾　吴颖丽
俪未央　林珊　一一　兰　雪　黄　靠
韩　甫　苏美晴　海胜华

绝 路

（外三首）刘苏

绝路平坦，绝路开满
紫色的花，每一朵
都像绝句，我多么喜欢
行走在你们所说的
引人入胜的歧途

我羡慕那棵树

它露出的骨头
多么美丽。
它露出的骨头开满了花
多么美丽。
我也有骨头，可我不敢
露在外面。
我的骨头里，藏着一粒粒种子，它连发芽
都不敢，更别提开放。
所以我羡慕那棵树，羡慕它的
无耻，甜蜜，以及坦荡。

小 街

临街的商铺紧闭门扉，未及清运
的垃圾，零星散落
我独自走着，没有一个人

多难得的清静
我知道很快，比想象中更快
嘈杂的市井之声，将如脱缰的野马
奔腾而来……无数清晨，因这宁静
我甚至连那些垃圾也一同爱上

安静症

我病了
患了安静症

我的安静打扰你了吗
我的安静打扰了
你的热闹吗

请原谅一个对热闹
没有知觉的人

我这么安静，安静得像一枚钉子
我这么安静，安静得近乎死去

这甚至让我觉得有一点羞耻
也许我该剃个光头
事实上我一直想这么做

无鸟的翅膀

（组诗）　　杏黄天

无鸟的翅膀

从笼子里出来，无处可去。我蹲坐在十字路口
——想你——

蓝天上的白云，飘浮而变幻、时隐时现
我怀着恶意的欢喜，看它们无着无落来来去去

如果我做了很多，它们却还不能安顿我
那我就这样——

坐着想你，怜悯万物。就像万物怜悯你我一样

从来心事两苍茫

一样满腹心事，一样从韶山冲出来
一样从岳麓书院出来
一样站在橘子洲头

一样双眉紧锁，一样书生意气——

只是忘记不一样的自己与不一样的
橘子洲头

反　观

那棵树看他已经很久了
它不知道他每天夜晚都站在窗前想什么

他站得太久了
以至于那棵树
以为他是一段未生出枝叶与枝干的树桩
而不是一个人

断　桥

然后，我们不再相见。在各自的风声与雨季里
不再相见

不再去一个固定的地点。我们在那里
在梦与爱，在
孤独与死的温柔怀抱里。我们再说风声与雨季

孩子无辜

不远处几个男孩子在打仗
这事要搁在以前
我会去问个究竟，然后
给我判定为错的一方一个耳光

现在不再这样了
我只是平静地看他们相互殴打
只要不死人，就没什么
这是成长的事情

只是一想到他们
还要像我们一样
继续生活在一个由暴力解决
问题的世界
我还是有些伤心

死亡之歌

王彦明

1

那个膨大的皮球
被抛向天空
终于消失在小巷尽头
空洞的回音
逐渐暗无声息。

有些生命注定是生一般的沉寂
有些则只能最终归于沉寂。

谜题尚未解开
故事只能仓促结尾
草色尚青
花朵总会凋谢。

时间是不息的河流。

2

炊烟青青
深山锁雾
小径还泥泞。

老人住的房子
在山腰
他仅有的光阴
终于可以聚齐亲人

他散落的种子
都在此刻收回。

左边的身体只能看到皮连接着骨头
尿液顺着导管流淌
氧气管从机器通向身体。

右半边的身体在浮肿
生命的汁液
在一半的身体里澎湃。

早年的热情、愤怒、热爱
悲哀和痛楚
硬化为角质，从身体里层层脱落，

他丧失了笑的能力
和哭的权利
他也不能咳嗽
那些生命里柔软的东西
正在跟着他一起离去

他在挣扎，每一次的
呼吸，都是屈辱
都是沉重的摸索。

黑暗中的灯盏
是不息的火车。

终点是注定的。
他微喘，睁眼，闭眼
说耳语。
他把最后一口气息
还给世界，还有他
冰冷的身体。

3

一个虚妄的凌晨
我收到一份通知：
儿时的玩伴，在前夜
遭遇车祸死亡

他是去会他的初恋
喝多了酒，离开世界的。

这一切我早有预感
在梦中，他曾与我道别。

他爱的人，还好好地
活在人世间。
我也算其中一个。

4

他曾经梦见父亲
那个固执的男人
扭曲着离开。

那个固执的男人啊
死后也未能

和母亲合葬。

乡人在挖母亲的棺材时
始终没有找到
她的骸骨。

死亡是一种清算
乡人说：那是她在躲他。

5

我们的一生都在收拾一张桌子。①
早年的浮夸
哀歌，幸福，或者残存的希望
都是骨头和满桌狼藉。

你啖着咸菜和稀饭
你穿着青草和云朵

穿过宽大的峡谷
你学会的宽容和背叛

都是残渣和梦幻。

我们的一生都在收拾一张桌子。
我们对世界充满热爱。

---

① 化用隐地诗句"一生倒有半生，总是在清理一张桌子"。

虚 构

(外二首) 宋尾

一家人围坐在庭院里。
弟弟陪着祖母闲谈
父亲在一旁倾听

我在烹调这天的晚餐
把听到的琐事
加进铲子里。

餐桌边，我们沉默凝视
远处游弋的都市
入夜后，那里到处是
一些奇怪的光漏。

侄女从池塘回来
领着幼小的堂妹
她们的衣领上沾满了
夏天的余烬，一种神秘。

我们聊了很久
我还猜对了一道谜语
得到祖母的奖励，如同小时候
然后我满足地睡去。

醒来后，一切都变了
风偏离了它的行程
鸟雀不见痕迹
水静止在水塘里

祖母回到墙下的旧坟
与她相隔数里的父亲，刚适应
不流通的黑暗
里面的空气
不会增多，也不会缩减。

失踪的人

一对情人去首饰店挑选婚戒
男方接了个电话
匆匆离去，她没等到他回来
我是说，一直没有

两个朋友在餐厅吃饭
其中一位去了卫生间
那是一个黑洞
因为他再没见过这个朋友

清晨，一个幼童在门口
轻吻父亲的面颊，每天如此
但这天之后，他再没机会
与父亲告别

有些失踪者一直活在
某种深刻的回忆里
事实上，每个人可以做的是
从别人那里消失
或者离开自己

草坪灯

半夜，我被
它沉默的照耀吸引
一只手掌在收拢
附近的草坪
在湿漉的夜里
它的身躯上
覆了一层植物的绒毛
堇色的，但
在边缘部分
近似于黑
它照顾着睡梦里的人
带来遮蔽
它无法看到自己
我们的眼总是
为别的事物而设立

会思想的芦苇 （外二首） 吴颖丽

我相信
你一定
有独立不倚的思想
才会有如此坚定的目光
还有
迎风而立的倔强

你有深埋地下的根茎
所以才有叶茂花浓
你又懂得择水而居
所以才会婀娜雍容
你身正心空
所以坐拥春风

世上的人们吹奏着芦笛
演绎着或浓或淡的情绪
留下多少动人的金曲
我相信
那些点亮心扉的音符里
一定充满了会思想的情趣

草原的模样

要知道草原的模样
就去它浩瀚的林海走一趟
那里有松涛激荡
还有调皮的松鼠在玩着捉迷藏
早晨的空气里
蘑菇的清香像醉人的花香一样

要知道草原的模样
就看看它无垠的牧场
那里有自在的牛羊
点缀在茫茫的绿海之上
是草原上灵动的诗行
像悠闲的云朵一样

要知道草原的模样
就听它千年的河水安静地流淌
滋养了温暖的村庄
还接纳着所有的欢喜和悲伤
胸怀宽广古道热肠
像慈祥的母亲一样

是啊！我的家乡
是造物主遗落在人间的天堂
你会深深地爱上它
像那里的人们一样
你会精心地呵护它
像呵护自己的眼睛一样

蒙古马

喜欢看着你的眼睛
里面盛满了风情
倒映着草原最经典的风景
毡房点点，长调声声

喜欢看着你的眼睛
里面盛满了柔情
捎来过勃尔帖甜蜜的回应
成就了多少草原上的英雄梦

喜欢看着你的眼睛
里面盛满了豪情
记录了嘎达梅林不屈的抗争
守护着草原，蹄劲风生

喜欢看着你的眼睛
盛满了草原人的真性情
有深情万丈
更有爱憎分明

水 温

（外三首） 俪未央

星星浮在水面上
夜空在杯子里自有阴晴
风喝着身体里的水，吹低现实和未来

现在，我的现实和未来在洗衣盆里
被搓烂，揉碎
又轻轻合上。晾衣架在疲倦中安静下来
它身下的月光
越积越厚。终有一天它们会沉到杯底

它们接受我了
衣服上的灰尘，也接受了
我身体里的尘埃
它因此而脏，而有温度和阅历
风经过时，吹着我的羞涩
也带回它的清纯

看 见

为了迎接落日，世界替我准备了两样东西
来了又走、去了再也回不来的人
和他们的内心

为了迎接日落，我准备了一座山
它还给我一片海
第二天。它已不是它
它看见来来往往的人，看不见他们
内心的恐惧和幸福

像山倒进海里
又像海把群山淹没

越来越远

雾霾散去，阳光重返人间
冬天越远，记不起来的东西越多
山依旧，水长流，草木钉在旷野里
它们连着泥土也连着开启世界的机关
按一下就有雨露、温暖
不按，就守着淡泊之心
旷野。远山。近水。
都还在。一棵钉在旷野的草
多好。雾霾散去
每一阵风都和煦，每一个经过的人
都幸福——
一个眼神就相互了解
不需相爱，就有了牵挂

故 乡

村庄被抛在车窗外
树木、田野、房屋转眼就成了远方
在时速三百公里的列车上
故乡根本停不下来
我也停不下来，更戒不掉作为一个女人的多愁善
　　感
可现在，我只能借助铁轨
和枕木组成的一把梯子登到高处
望望
她门对的青山，窗外的白云
在列车上坐着或者站着
故乡都是一首诗。可读可耕
可谈风月。而我所谓的远方
是一个没有你的地方

我们念念不忘的 （外三首） 林珊

在春天，我们又记住了一些新鲜的植物
灯心草、骨碎补、七叶一枝花……
它们在黄昏，把夕光当作薄薄的衣衫
而呼吸是静谧的，带来了温暖和慈悲

只是啊，山坳的芦花开得太久
我又在深夜里，梦见那熟悉的脸
"我已不在人世。乖，你要好好的。"
簌簌的眼泪，一碰就碎。我无力改变什么

这么多年，我们看到的，我们念念不忘的
不过是，一截枯木，埋葬在春天

给素儿

梦里听见有人在喊疼
我望了望四周，发现是你
你有一个靠杀猪卖肉养家糊口的父亲
两个同父异母的兄妹
亲生母亲在生下你的第三年远走他乡
继母疯癫多年，最终杳无音信

九年前的冬天，是我们最后一次见面
你说你嫁给了一个东北男人
生育了一个女儿，端海碗，吃面食
在麻将声此起彼伏的村庄里郁郁寡欢

我时常会在梦里见到你
梦见你的长头发被大风吹乱
梦见你手持屠刀站在案板前泪流满面
还有一些东西我看不见：
悲伤，苦难，十里春风
我们不曾相送

回信

我在春天的下午醒来
你写给我的一封信，我刚刚收到
信中说："人世之美，莫过于一缕岚霏"
而南方的小镇，寺院的桃花正灼灼地开

你在山中读书的声音，盛开在二月的黄昏
一株木莲，簇拥着佛心——
清冽的泉水汨汨而来，静谧，而又美好
我站在窗前，忘了这料峭的春寒

多年不见，青苔早已覆盖了井沿
不知道此时，你的院子里
是否还回荡着，旧年的钟声

婆婆

"锅里熬着鸡汤，抽屉里还有几枚鸭蛋"
她挽着满满的竹篮，从菜地里赶回来
这些年，难得同在一个屋檐下
我有时会羞于喊出那个称谓
会抱怨通往村庄的小路泥泞崎岖
会忽略她眼角越来越深的皱纹
偶尔与一个男人争吵时
还会为多年前
她在产房前的叹息而愤愤不平
"唉！听哭声，肯定是生了个女孩儿"
屋后松针簌簌落地
去年的草垛还堆放在门墙
天黑了，我们终于一声不响
围坐在燃烧的火炉两旁

不 会 （外三首）

从云端下来
我们很忙。仿佛我们
一旦停下来
地球会死一样

你在一块空地上跳来跳去
一下上天
一下入地
除了不会爱我
你什么都会

在轻轨上

两点。穿过嘉陵江
嘉陵江也正好穿过我

人潮汹涌，
一些闯迷宫水域的鱼
游向我。风呼啸着

挪挪身子，望向窗外
眼睛经过一个旅馆的名字。
邮筒已经生锈

立 春

春天。你走了，带着故乡的茶
我的思念
在杯子里晃动

我喝过的茶。桃树长出新芽
你回来
春天就在那里
静悄悄的

小船停靠江边
静悄悄的
我的思念在杯子里晃动
晶莹剔透。你回来

你

去一次南山，或者野兽花园，路很窄
雏菊开满山坡

悄悄爬出来的死亡景象，自杀或者他杀
器官全部衰竭。不包括眼睛

眼睛是用来看你的。
在那个黄昏，翻山越岭
又悄悄回去
见到你后，我变得贪生怕死

青鸟飞过，只要日色更长些
阳光下，雪白得晃眼
一起走进屋子，窗户半开
读书，画画，写字。

日暮柴扉
掩住那些没讲完的话。看着你

晴空下

（外二首） 兰雪

晴空下，必有阴影
哪怕一株小草儿，一朵小花儿
而我——

就是那个躲在阴影里
伺机，贩卖阳光的人

清 明

他们都活过来了
奶奶、母亲、堂哥、堂姐……
在四月
在春天，他们都活过来了
从记忆中
从旧照片里，缓缓起身
缓缓起身，微笑着
向我走来
他们，还是上个世纪的那身打扮——
奶奶着家染土布蓝袄
小脚儿，扎腿
还是那样面无忧伤
还是那样小脚生风
而我，头一歪
闪到门后
我怕——
我怕奶奶，又让我背她啦的呱——

譬如，《杨家将》
譬如，《岳飞传》
再譬如，《西厢记》……

小 路

"迷雾重重……"
当我写下，那条小路就从我的梦境中缓缓浮
　　出——
不见起端，亦不见终点
那么突兀
又那么合情合理
我知道——
小路上的一根根栈木
属于我；栈木上斑驳的苔痕
属于我；栈木下，潺潺的流水
属于我
就连流水中，那一声清脆的鸟鸣
亦属于我
至于，小路的终点是什么
不再重要
终有一天——
终有一天，这条小路会被一场大雪覆盖
会被一只仙鹤衔走
包括团团的迷雾，迷雾中
不知所措的春夏秋冬……

一个人的道场

黄靠

一

寒潮正在袭击地上的芒果
在冬天结果的树，挂满了青色的阳光
掉下的落叶，不是黄土地上的雪花
远处，长埋于地的母亲听不到鞭炮
新年的鞭炮撮合了交媾，生殖，死亡
地上的霜不断涌出，天下着雨
橘子园消逝了卅年，种橘子的祖父
在另一座长满杂草与玉石的山上
故乡和他乡，共一个生命喧嚣的道场
那些稀疏的风声，听不见乌鸦哀鸣
秃鹫站在高原的雪线俯瞰江河
嘴上含着血迹，肉腥，骨气以及魂灵
孩子依然学会了走路，牙语
被诅咒过的树，被祈福过的泥土
一起闭眼，摆放在庖丁古老的砧板上

二

上一次交手的小伙，他赞美了蔡英文
没听他赞美他的母亲，好比赞美
一个毫不相干的女人捡拾了无字碑的片段
她没有善意，也并没有恶果种下
在金刚们的门外，佛陀不语，不笑
来来回回的商人如交替的季节
磨剑的诗人，不是仰望诸神的诗人
那个守着尸骨的诗人，不是在寻找生命
或者假象的真谛。他没有眼泪
没有多余的同情给背叛的子孙以及虚无
此刻，自由像个孩子的面具
挂在太平洋的孤岛，如坟墓上的纸钱
风吹雨淋地，呈现死亡的本色

三

在观音的座下，站满了铜板，金钱，美元
刀一样的交换符号主宰了人心是可怕
恐惧滋生，恶性无限扩张成理窝藏了罪恶
被修身的观音不是干枯的特蕾莎修女
被干枯的特蕾莎，是南海被驱逐的母亲
石头与泥巴堆砌无效

四

那就再来一场雪吧，这寒潮与冰柱翻过岭南
并没有南岭的坚硬与剔透，过不了韶关
就软化在道场之外。我鄙视的不是天气预报
或许是天气本身，它的美学水平偏低多年
从不关心落叶，野草的消逝，也无善心
撒播给明年的害虫。哈利路亚的稻田
与麦地激动地流泪又如何，从1991以后
再没有这么大的坚冰过了长江，庆祝棺木季节
那些陆续抬上山的老人尸骨，腐烂过快
老鼠们依然刨开泥土，撕咬孤坟里的钙质
逃跑的子孙，以杂交的方式忘却
以鎏金的虚无怀念屠夫、戏子、魔术师
低头哈腰们篡改了史诗，以及谋杀了只低头
写诗的人

死在这场风暴里
我想带着此刻的记忆
一个人走在黑暗里

华岩寺的小沙弥 （外三首） 韩甫

在阳光里坐着，脑袋偏着
那芭蕉的叶子多绿啊，竟是难消这永昼

你看那些光影多么缓慢地移动
像一条偏僻的陋巷，我的祖父曾拄着拐走出，长
　时间地伫立

那样的日子才是日子啊，心上要有，得有
一点点荒凉：如翘起的飞檐，或飞檐上的铜铃

"喂，你就一直在这儿坐着吗？"

我的脚步慢下来，就刚好
碰上这段光阴，呵，多好，她也刚好慢下来看到
　了我

墙是失明的

墙是失明的，墙头长满了衰老的草
空气是失明的，空气里满是思考的脑袋

这些，不过是些陈年的旧事
没事的时候就堆积在破败的仓库
任它发霉，发出恶臭

一旦某个混蛋潜入，像春风一样
这恶臭就发散开来，就闯进每个人的
鼻孔和口腔。嘴里，包着谷物，说话也含混

但墙是失明的，空气是失明的
气味恶臭，肚子空空

但草在疯长，但脑袋——
唉，忍着饥饿，它在思考

塞尚：帘帷（1885）

白底碎花的帘帷已经准备就绪
它们侍立两旁。多年来，它们都保持着这样的状
　态
后面的墙面已经严重水蚀，大门紧闭

但房间保持干净。像刚刚有人进入过一样干净
地板光洁。是啊，在那个下午
当阳光散进右边那个角落
碎在地上的还有一粒粒玻璃珠似的快乐

它们因此而等待。它们准备就绪
它们等待那玻璃珠再次弹跳起来
比我们还要虔诚：某一个下午，某一束光

树　荫

看到树荫，就想到或浓或淡的一道笔痕
就想到一双吸纳凉意的眼睛

那种暑热消退时，渐生或死的凉意：
老年或少年的凉意

老年曰生，少年曰死
长凳已空，记忆是蛇

可那是谁说的，旧时光只属老年？

瞧瞧吧，这春夏之交的树荫啊
只少年时，才最凉快：像鸟飞走了的空树枝

雪中梅

（外三首）　苏美晴

仿佛那不是你，那个词也不是
悲喜无关风月，季节可以错过更多的花期
只有那个深埋冰雪的季节
你默不作声
你默不作声，远远地
在挂满冰雪的枝头，开出你的样子

仿佛那不是你，不是
像一个陌生而熟悉的女人
生下我，并用纯洁喂养我
仿佛，你只是告诫了我
人生冷暖
只有纯真才可以发出灵魂的暗香

每每看见你，片片白雪中
孤傲地开着
妈妈，我就忍不住哭泣
人世的冷，掩盖不住这举世的暖

在冬天，我更爱麻雀

在冬天，我更爱麻雀
爱它们背靠背取暖
爱它们落在窗台上，用一双
无辜的眼睛看着我
偶尔啄一啄玻璃
咚咚的声音，震得我心惊肉跳

在雪白的清晨，有一串脚印属于它们
而我总是在它们走过的雪地上
再走一遍
但我只认识一条道
背着宿命的祈求
从家到单位
而不像它们那样，四散开去

但有些人，被我看成了麻雀
他们四散开去后，再也没回来

她们

她们有的变成蛇精，狐狸精，白骨精
有的变成公主，帝王家的格格
有的是，庭院楼阁里线装的书籍
更多的是顶着风雨，把自己裹挟在尘埃里的人
即便是坐在高台楼宇中
她们也眉心紧锁

走在人来人往的大街上
一些，让我分不清性别
像马路上扫大街的，刷白的
流水线上的，我都误认为她们只是一个道具
只有风知道一朵开出雌蕊的花
正摇晃着走出门去

暗 香

她莲花步一转，水袖飘动
红烟中的一双眸子
黑白流转
我躲在人群中，仿佛那水袖拂去人间浮云
仿佛是我的不幸，苦苦三生
参不透沧海间，一次邂逅
我自以为是你
莲花步，踆，踆，踆
呀呀的长调，此生开成旧事的样子
我坐在旧事的伤口上
不管妾身何往
只把那高处的戏台搬到孤寂的楼宇中
去了，去了。留住，留住
贴我腮上的黄花
碎在镜中

恰好有大雁飞过 （外二首） 海胜华

其实，不见你最好
见到你就会看见自己的浊

在距离你 0.6 米的地方
有几株枯黄的野草
诗人一样清瘦
我就攀附在其中一株

你旁边的草尖有露珠
太阳照耀会发光
晚霞漫天时像一滴鲜血

一月的荒原里
除了寒鸦还有澎湃的欲望
只不过爱恋都藏在冻土下面

我快要老去的时候
恰好有几只大雁飞过
恰好听见你在孤单里
唱着一首老情歌

向着夏天奔跑

我的左眼是一枚风干的梨
我的右眼像干瘪的柿子
鼻端挂着来不及采摘的
一把青杏

我是从冬天来的
出发的时候惟有雪
披着玫红色的头巾送行
让我一路珍重

我是要到夏天去的
可是我错过季节
深陷在丰满的深秋

思念耗尽所有的汁液
爱情只剩下一片残叶
我的爱人
还在炎热里怒放

这就是我一次次
像水面的细波一样
向着湖岸奔跑的原因

在深冬踱步的花蕾

时节还在深冬
我却看见了一株花蕾
在凛冽的风里，踱步

那是一个早晨，阳光灿烂
我也恰好点燃我的头颅
准备将深藏其中的思念
烧成灰烬

多好的景致呀
红彤彤的
红彤彤的山河 一片

生命从辉煌走向没落
过程竟然如此美丽

可是，这所有的，良辰美景
都没有温度没有温暖
就连燃烧在头顶的火
也不能把寒冷驱散

就在这个时候，遇见了
独自踱步的花蕾

我在瞬间就做了决定
以我燃烧的躯体
作为火把，跟她一起
走到春天

实力诗人
STRENGTH POET

天界
苏黎
刘金忠
王鸣久
新魏书
殷常青
曾冰
张永波
陈满红

天界 的诗

TIAN JIE

美与生活并不和谐

雨下着下着,夜色就沸腾起来
大片草尖上的水珠
路灯下美极了

风有千百双手。这些小流氓
没一个安分——空气动了起来
水珠动了起来。
窗帘动了起来。一张老脸
明晃晃的玻璃上动了起来

动了起来能说明什么呢
透过明晃晃玻璃,对面马路的车始终在动
一辆紧接一辆,看上去毫不犹豫
那张老脸动了起来

他数着数——一、二、三
然后,就听到巨响
刺耳的刹车声。沸腾的夜色突然不动了

不动了能说明什么呢
警车救护车过后,太平房里
三个想动的人,就是动不了

淡 泊

细微的声音,并没改变什么
大地是王者显耀之处
一座丰碑,是一堆白骨

英雄死于傲气

奴才大智而亡于奸佞
成如何,败如何?一生没有积囤不涸的水

九峰的山还是山
月色一茬又一茬
许多细微的脚步,风雨过后
再也分不清——

高速上行驶

一个人要经历什么才能不动声色
一个人,要多少磨难
才能荣辱不惊
金华回来的路上,大雪飞扬
元月五日晚,天近午夜
一辆接一辆的车行驶在高速
相对某地,外面的节奏太快
相对五大队六中队那个扳着指头的人来说
外面的天色即使再黑
路况再凶险
也是动人的。是的,我确实这么想——
如果世界没有卑鄙和无耻
如果少点贪婪和报复
那么人类是否免遭许多罪恶?
这想法多么愚蠢。而雪还在下
浩荡无边。隐约,我看到微闪的字幕:
雪天路滑,小心行驶

自 嘲

怀里空空的女人是揪心的——
我梦到满桌珍馐
一个诗人,腹中岂可无物

而大醉归来哪有五谷
天寒，天雨
三更天的酒意，抵不住饥肠空鸣

灶台亮。好个醒目
菠菜、蒿菜、高山大白菜
小白虾，羊肉

外加一碗热气腾腾的麦面
腹中有物，便是诗人？

雾色弥漫

大雾是天空神秘的婚纱
今晚的主角叫月亮。今晚的主角朦胧古典
半遮半掩。既不像秦汉的冷月
也不像唐朝的圆月
大地这个好男人
挺直山峰，半跪着求爱

大雾弥漫。月光隐隐
伸出的手指
温润。柔软无骨

我的美人今晚如月
羞羞答答。既不似大宋的才女
也不似明清的烈女
宛如一朵开在乳房，有刺的小玫瑰

自 然

一枚莲蓬小池中摇晃
莲秆细长，似乎随时会掉下来
有鸟飞过
也不在上面停留

鸟为什么不在上面停留
鸟有鸟理。谁弄得清呢

但鸟肯定不知道这个莲蓬肥大脑袋
笨拙样儿，却藏着鲜嫩莲米

不知道的事儿可多了
不必烦心。万物之生各得其宜
何况是只鸟

天 井

猫翻过屋檐
月色下，如一道白光闪过
王老头弓步弯腰
白光闪过，刀已进入猪的颈窝

猫翻过屋檐
悄无声息。落在天井墙脚
王老头手腕一转
猛抽回刀

猫扑向猪圈
白光闪过
一只肥大的老鼠，被猫叼走

王老头手腕一转
猛抽回刀。猪闷声嚎叫
白光闪过
红光如一支长矛
射向天井的木桶

边缘和鸿沟

越过天空的边界
谁是逃犯？一条河流决堤叛离
只有大地能够缉拿？

祭祀女神怀抱明灯
瞎子的眼睛
深不可测。还是清澈见底？

一枚闪亮乌金黑夜里
无声消失。谁能指证盗窃者？
谁义无反顾去寻找？

火车飞驰而去

铁轨坚守自己的使命
半壁江山，挂满头颅和屈辱身子

毛坦桃花

春天在大地之上
风滑过长潭湖，翠竹如群鸟展羽
毛坦的桃花
开在大地肥沃腹部

春天之上
一万亩眼睛眨动睫毛
十万只蜜蜂，摆动精美小裙裾
一场雨似一次生的重合
阳光总是催人老

澄江有水如银带
桃花之上
是一方神山仙岭。桃花之下
诸侯问鼎天下之源

相思子

阿如耶，四月大地满是谶语
不说油菜花疯黄
梨花带雨；桃花若火
也不说青山如黛，湖水清涟——

一枚种子遗落在春天
阿如耶，春天没有回头的路径
柳色新新嫩芽短
谁能还尽前世的情债

深入骨髓和死亡——
四月除了祭奠，一个人可以唱祝英台

大好时光，拥美人入睡

应天长

春色满袖，江南雨水淋淋
阿如耶，九峰寺钟声，如雾弥漫而下
沉沉睡去的人
不再抱着辽阔夜色自语

一个人老去
时间并不能磨灭命中大爱
有一种美叫恬淡
阿如耶，橘花开了
如此素雅

世俗那么近。谁能收起无边欲念
去掉眉心的恢气
那么多爱情
轰轰烈烈开始，却没有结果
阿如耶，我们除外——

情　谊

昨晚老卢和我耳语：明年龙凤吉祥
属鸡有鸿运。我欢喜不已
想想四十多岁的人了，也确实该有愿望实现
但回家一算，不对呀——
鸡就是鸡，即使金鸡也成不了凤凰啊
而龙逢鸡祥，祥的是龙
鸡有啥好屁颠的？
这么一想，不免黯然
倒是对老卢从自己手腕上摘下送我
九华山开过光，小珠上面刻有
《大悲咒》的精致手珠
爱不释手

苏黎 的诗
SU LI

马场草原

马场草原,油菜花香
没踝的青草,向天际铺展
播撒牛羊的珍珠
放逐白云的花朵

一匹匹山丹马,是被太阳的金丝线
绣上去的,屁股上还闪着亮光
有一个人,双腿盘坐
远远观望

一些马在吃草
一些马在踱步
一些马吃饱了,支棱着耳朵听风
一些马眯眼,打瞌睡

一匹枣红马的后面,跟着一匹小马驹
它一弯脖子,就把嘴伸进了母马的肚下
吮吸了几口奶水,就
尥蹶子撒欢去了

不远处,一匹公马在撒尿
顺风传来的是
淡淡的青草的气味
和着温热的泥土的馨香

更远处,两匹马交颈搂脖
搂成了一幅好窗花,我要带回去
贴在我的窗玻璃上
让它生动如初

那人一直盘腿而坐

他,多么像另一匹马,一匹单个儿的马
一匹会思考的马
一匹戴眼镜的马

一只草原鹞鹰,唳叫着
在天空划了一道赤褐色的弧线
它的声音被空旷放大了好几倍
寂静被传得很远很远

他没有动,依然盘腿而坐
他的目光,高于马头
低于鹰翅
低于人间的生活

他正以一匹马的目光远眺——
青海长云,祁连雪山

炒面山庄

这里是古道上的一个小小的客栈
旧时骆驼客、马帮都要在这里住上一夜
养足精神,贮足穿越祁连山的粮草
庄户人可以用炒面,换盐、换茶、换丝绸
有时候也秉烛彻夜交换人心

如今,清风徐徐,小鸟飞起又落下
大片大片的青稞,正
吐露着锋芒
大地手捧十万亩油菜花
交换着盛夏的美好时光

昔日的驼铃声、马蹄铁
只能回响在历史的天空中
这里有安宁、静谧

蓝蓝的天空中盘旋着一只
展翅高飞的雄鹰

金山子烽燧遗址

风吹着
吹着的风
望见前朝的青草

草皮一样的蟋蟀
一蹦一叫，一起一落

长城内外，一片安详
山脚下，一群羊在啃食着正午的青草

一块白云落在地上的影子
多么像被蓝天丢弃了的暗伤

空中盘旋着的一只老鹰
忽高忽低

那是古代被废黜的一个君主吧
独守着西域这片荒凉

皇城草原的正午

花的杯盏摆好
我比一只胡蜂先一步醉倒
醉卧草毯

白云从我头顶飘过
沾染艾香的风，吻我的脸颊
蝴蝶呀，请来栖息于我的身体吧

我没有花的芬芳，我有花的衣裳
满眼都是长袖翩翩
流水在十指抚琴

我将怎样邀一匹枣红马
把皇城草原歇晌的美
驮走

马营河畔

黄昏降临，如一个信使
它把消息从一棵树递到另一棵树
白天落幕，黑夜登场

河水，是一匹欢快奔驰的小马驹
水底珍藏着一串串清脆的蹄音
一群回家的石头爬在河滩里饮水

牧人，把牛羊赶出了沟壑
把一天里最后的一点白
圈进了木栅栏

天空中，繁星点点
飘着牛粪炊烟的味道
鸟鸣归隐，夜阑人静

那一坡坡开得正旺的格桑花
大地的屋檐上挂起的灯笼
里面住着小小的幸福

丰城堡

没有城池，没有古堡
是丝绸古道上的一个地名
是茫茫戈壁滩上的一个古驿站

风，无处不在
一些风，蹲在电线杆上打着口哨
一些风，佝偻着腰，依地而跑

骆驼刺，是风的城堡
蓬蓬草的顶子上装饰着几朵奶白色的
花朵——不多不少刚好五个瓣

蚂蚁，是走亲串户的臣民
蜥蜴，是东张西望的侦探
黑眼睛黄皮肤，翘着尖滑的尾巴

一朵天蓝色的矢车菊里

住着一对白蝴蝶
多么像一对恩爱的夫妻

夕阳，红着脸，像个醉汉
摇摇晃晃下了横梁山
山梁上骑着一匹黛黑的黑骡马

夜幕降临
是谁打开了天空的栅栏
一群星星的羊群，跑了出来
前面引路的是衣袂飘飘的月光

丰城堡，丰城堡
里面圈着天，也圈着地
还圈着一个西夏国的忧伤

平羌口

有些树根裸露着
有些已被自身的力气崩裂了
我不想惊扰一堆黄蚂蚁自由的生活
我绕开了
不要告诉我已是傍晚时分
不要告诉我帐篷里的牧人已点起酥油灯
我还在山巅
我的四周并不感到有多大的风，而
整个坡上却松涛阵阵

我放眼看到的是逐渐变暗了的窟窿大峡谷
我的左侧的水库里驻进了一片天空
里面有飘飘荡荡的一些白云
右侧的一棵树干上
是一只红嘴巴的啄木鸟，当当当的
敲响晚钟

我是最后一个晚归的牧人

山羊堡滩上

那里有一个羊圈，
一个牧羊人蹲在墙头上

一股旋风取走了木栅门的几声咣当
过了沙河，跳上河岸

一只蜥蜴，四处观瞻
慌里慌张地嚼着一段蚰蜒小路逃走了

太阳，是一个喷壶头——
一片沙棘叶上，挂满了
猩红的珠光

月夜戈壁

我在戈壁：
砾石的戈壁，蓬蓬草的戈壁

一截断垣像一个骑士漫无目的地
行走的戈壁

一条沙河流向天际的戈壁
空寂的戈壁

一辆打沙柴的驴车挤了挤时间
像一枚楔子一样，揳进了戈壁

哪儿，鸟叫了一声
隐隐的，恍惚，它蹲在月亮的窗棂上

刘金忠 的诗

LIU JIN ZHONG

放下长城

不要一再提起长城
那种守势心态
只会把自己逼进墙角

两千多年,我们一直生死在
那个巨大的阴影里
内敛,自闭,防御,而不是出击
暴露出内心的怯懦

我们习惯于把思想填进表格
一再重复,一再作茧自缚
古往今来,这锯齿般的长城
锯断了什么?
除了时间,就是我们的隐痛

多么坚固的剥蚀和支离破碎
那么多的豁口与废墟
山海关、居庸关、嘉峪关……
只是关住了自己

是时候了,我们应该这样说
放下长城
让缩紧的观念来一次彻底的颠覆

用那尚可信任的青砖和醒悟
用血肉和骨头,用咬碎的牙齿
让它从我们内心长出来
用剑的锋芒代替我们飞翔

向一只陶罐的深处掏

我的目光,喜欢沿着陶罐的圆口
向陶罐的深处掏

一下子就摸到西汉
那些泥土和尘埃,还有碳化的谷物
都是物化的光阴

光阴的背后,是人
当然都已成了白骨,腐朽,破碎
无法收拢的古语
白云般在天上飘过

这是陶罐的奇异之处
它让现代汉语感到苍白
我不习惯这样的表达

我又摸到汉语的根
那些隶篆的笔法,振翅欲飞
毛笔的一个墨点,等同一方诸侯

再往里掏
有青铜的锈迹,古玉的阴影
刀剑嘈杂,战马嘶鸣
有人在天元位上排兵布阵

绳纹、双系、绿釉
一曲《汉宫秋月》
正在电子琴的模拟中悠扬出来

互为石头

我们这个世界,石头
是庞大得可怕的家族

山上站满石头
地表下都是石头

海洋够大，它的下面也都是石头
就连我们所有生物死后
也都要变成石头

那么，就让我们互为石头吧
以石头的高度看待世界
用石头的眼光看待自己
借石头的坚硬铸造骨骼
还要把石头的语言装进发音系统
说出我们对石头的热爱和敬畏

没有石头，生命会感到孤单
雕刻石头，我们会放弃寂寞
用石头构筑自己的居所和灵魂
让那些土壤和水泥认识自己的今世前生

从石头里取火，在石头里说话
能源和金属都是石头的变异
我们与生活互为石头
紧紧、紧紧地靠在一起
只用感情的岩浆喷发告诉太阳和月亮
我爱这个世界

酒里有什么

有乡愁，有刚烈，有生死，有江山
一池，一缸，一瓢，一滴
都是江湖

有倾心而出的滔滔江水
有挑灯看剑的壮士苦泪
有断头台上的仰天长啸
有夜色里不绝于耳的蟋蟀

诗倒进去，就化了
誓言掷地上，就凝固了
沧桑按下去，就上天入地了

这响在骨头里的歌唱
是深潭，是大海，是闪电

古今的酒，都是同一条河
这谷物里走出的流水，从血，从火

更多的淹没，是男性
哭与笑，悲与喜，浸透千年

坚硬的酒，如水的女人
才是一个完整的世界
迷茫的目光里，南来北往的
雨或雪，酒里只活着一个字
醉

余 烬

只剩下这一把了
更多的灰，被吹走了
风，还在吹，还在不停地吹

应当是凉到底了
火，已被吹到了哪里
折回，也没有悲催可供燃烧了

余烬里还藏有什么
最后的坚持中，一定还有
没吹走的话残存下来

最后的这把灰烬
摊开的，是闲余的时间
等待一场雪来收官

只待来年了
当雪融化，余烬的身下
一朵花会开出火焰的样子

只想与桃花水母为邻

不曾面若桃花，也无关桃花运
只想与桃花水母为邻
以沉默的方式靠近世界的边缘

仅需一片极品水质，不被混淆
置放灵魂，卸下辎重，与桃花水母
相邻，相处，用寂寞喂养寂寞

远离浑浊、污染，偏安一隅

让肉身停下来，让血流慢下来
让时间流成自己的时间

坐一瓣桃花，看桃花水母曼舞
隐于李白那杯分行的月光
拒绝庸俗的雪，那一层层落叶

需要远古的一滴水，来点化
今天的迷失，桃花水母被蚕食的空间
渐小，柔弱的水草，无力悠远禅音

看不透桃子的红艳，风已远
竹林七贤的琴声，断裂成陶片
丈量水面的蜻蜓，是我的知己

天堂雪

天堂雪，只是路过天堂
神的手，红了一下
雪，就落了下来

天堂的门，一直开着
没有钟声时，它也开着
雪落下来，钟声也落了下来

就像我，路过了一场雨
灵魂，路过了一下身体
这洁白的密集的信息

时间急于赶路
雪，正好铺平洁净的路面
天下的事，总是非常简单

逆着雪花上扬的
是人类的梦和拥挤的灵魂
多么美妙的擦肩而过

一棵梅树喊了一声
雪花就停在了半空
此时的天地都静止不动

滔滔不绝的天堂雪
把飞翔当成了宣言
总是与人间烟火若即若离

鼎

你说，三条腿的蛤蟆难找
香炉就站在了佛前
刘海戏金蟾，那三条腿的怪物
只是海蟾官的幻影

两条腿，四条腿，六条腿，八条腿
还有百足虫
三足鼎从何而来

自青铜开始
三条腿的鼎，被铭文绑着
沧海沉浮的江山

魏、蜀、吴
沦为三条骨质疏松的腿
没支撑多久

也有人说：一言九鼎
所有的腿
服从于一句话

世界，无非是力学和物理学打架
打得累了，生物学去调停
最后，在时空断面上逐一摆平

王鸣久 的诗

WANG MING JIU

金边意象

柬埔寨。金边广场。
一把高耸的超现实主义的手枪，
枪管被紧紧打了结，
——冷酷的钢铁一个柔软的殇，
弯曲成祈祷的意象。

我仿佛一颗曾经的子弹，
咔嘣一声，被
退出了乌黑的枪膛，
——退出一个世纪的血腥与战场。
摘去弹头，
倒出火药，
把锃亮弹壳空成哨子模样，
让风把它悠悠吹响。

我看见，带血的子弹，
从海明威身上，从卓娅身上，
从热烈而忧郁的马雅可夫斯基身上，
——退出来！
他们复活、歌唱，
用温情的手指，
擦亮自己，也擦亮太阳。

我看见，退出的子弹，
被熔化成晶莹铜汁被打制成美丽铜饰，
被变成一只只水汽蒸腾的
青铜茶炊，
——儿子般围坐在
每一位母亲身旁。

我看见了么？我是金边广场

一粒金属的惆怅，和
一羽鸽子的彷徨。
超导世界，正在打结的枪管里呼啸着变轨，
我只能死死绾紧自己，
　　　　以避免，再次上膛

我是我帽子里那只鸟

我是我帽子里那只鸟，
星星的天花板下，这隐形鸟
只在一人高处做巢。
风，是内部风，
雨，是内部雨，
——内部四季里，
时不时地掀开两扇眉毛，
在帽檐下探头探脑，
它知道：谁都没看着。

光的羽翼。风的脚爪。
飘在草木芳香里的蔚蓝色啼叫。
它流星般的飞翔，
是自我的飞翔，
是无我的飞翔，
是布满整个世界的透明的飞翔，
——大于天空小于0，
这使所有的圈套丧失目标，
只能空空地悬着。

我是我帽子里那只鸟，
星星的天花板下，
这里啄啄，那里敲敲，
——不睡的眸子在不睡的时刻，
抱一窠思维乱草，
孵着温暖的逍遥，

让无数个我一一破壳而出，
摆满时间的线条，
　　　　自己朝自己微笑。

落叶之舞

我垂低眼睛，望着秋的蓝色器皿，
望着：长河蚯蚓，太阳小虫，
在透明的底端和边沿一动不动。
望着：蝶已匿去，花也绝踪，
而无数斑斓落叶却学着花与蝶的样子，
赤橙黄绿，扑扑簌簌，
纷纷扬扬，舞蹈天空，
飞翔一刻，作零度沸腾。

春鸟衔泥，谁敢说来之有据？
秋风铸铁，又谁说去也无凭？
白发英雄，两脚沉重，
惟这快乐舞者，能老成一群儿童。
忽然听到解散的口令，
转身就奔跑在一片喧哗之中——
空中漫步，若走若停，
自由落体，轻盈似梦，
它们用温暖手掌把世界一一抚摸，
——从容得叫人心疼。

牵我的足，拍我的胸，
为独立寒秋的人在唱诗声里反复摩顶。
在这千只手里我无法不渐次空洞，
——站成一座大钟，
　　　　和那只蓝色器皿遥遥相望，
　　　　努力倾听，体内的轰鸣。

远归者

世界很小，又不期而遇。
像一株远归的稻子飘满了大孩子的气息，
静静一望省略了所有语言，
茸茸一笑淡远了满身风雨；
垂眸轻歌，款款如水，
款款如水似乎陌生而又熟悉。

天生梦境少年，世界为你美丽。
那一年，小小一个背囊，
大大一串步履，
——跟着一条蓝色的河流你去找海，
流动的云，
飘送了多少风雨消息？

今日归来，你说你再不看水。
摊开十指，
让我看你拾回的太阳——
晶莹似盐沉静似盐颗颗粒粒都是粉碎的晶体。
手掌上的生命线，
依然蜿蜒而清晰，
最后能握住的只能是自己。

还有一把朴素的空气，
让我们在一粒清澄里做深刻的呼吸。
从此懂得热爱平凡，
从此懂得珍惜语言，
从此知道：我们没有找到美丽，
但我们，已经
一次次穿过了美丽。

陈子昂与昌耀

两团巨大的惆怅，相立千年，
带水的视线，
洞穿天空那张纸的时候，
也彼此洞穿。

星星的石头落下来，砸伤了
灵魂的双弦。
疼！但并不为疼而缩小，
他们就这样，
　　　　缓缓地——把时间踩弯。

治印的人

你以刀为笔，
——使笔有了刀的硬度。

你以石为纸，

——使纸有了石的强度。

你刻字入骨，
——使字有了骨头的深度。

方寸之骨，
方寸之书。

你以红泥为血，
　　　——印下了血的态度

米兰真米

米兰真米。
——千叶手指拈着金黄色米粒，
仿佛我小小的碧绿的妻子，
捧着一碗谷子的香气。

极袖珍的圆润，
——撒一把太阳制作的大头针，
落满枝枝节节，
簪住水，和光的声音。

闪烁，而不打开，
微雕的金头盔宁静地站成一排，
保护自己的处子，
——那群金丝小孩。

大音不响。
——米兰将米以几何级数放置在
一格一格的棋盘上，
就这样，赢了国王。

张 生

张生是个书生。
古典的书生一要文雅二要文弱三要文静，
文静的书生非礼勿视非礼勿听非礼勿动。
而张生，竟然将所有汉字，
读成了虫子！
半夜三更，翻墙而过，
把满地月光，惊得一片惨白。

张生是个书生。
典型的书生常常性懵懂，而一旦青春发动，
就是多情的书生，就是多病的书生。
多情多病，使普救寺的香火，
比麝香还香，使
伶牙俐齿的红娘，比红还红，
使他仓皇间落地，
已无暇
捡起那只掉失的鞋子。

奔向皇帝的脚步戛然而止，仿佛十万大军，
也难以使他回心转意。

性命。古老的性命。年少的性命。
缘何让一个圣贤子弟，
见了性，不要命？
雷霆震怒的崔老太打死也无法弄懂。而
张生的回答，真是狡猾到家也老实到家了，
他说："老夫人容禀，
那个翻墙的，不是我，
他是——荷尔蒙！"

新魏书 的诗

XIN WEI SHU

我一直想拥有一间书房

我一直想拥有一间
能够像水一样深刻思考的书房
置一排装满阳光的书柜
把书排成大雁南飞的诗行
在抽屉里锁着心事的书桌上
燃一盏伞形的灯光

读过的书存在左边炫耀
未读过的书放在右边等待
在书柜的顶上
挂一幅我模仿伟人的风景
时刻提醒我曾经煮过的热血

关上门
我一袭风雨浪迹天涯
任刀光剑影的故事情节飞溅
点燃心脏潮起潮落的引线
在生和死的逻辑转换中
把我的人生炸得面目全非

悠闲的时候
我会温一壶舒缓的交响乐
寻找轻轻摇晃的时光
然后吟一阕挂满露珠的风花雪月
抚摸大雪落满院子的愁怨

我一直想拥有一间
能够像水一样深刻思考的书房
在泥沙俱下的纷繁复杂里
体验远离尘嚣的从容和坚定

我在黄鹤楼下读你写的教材

我在黄鹤楼下读你写的教材
那个数学模型像飞檐
翘在我智商的对角线晦涩
你缜密如窗格层叠的推导
像白云歇满顶尖
缠绕我脑海踏浪的帆
你抑扬顿挫的讲述很神秘
在松林中翻来覆去
借琉璃瓦金色的照耀
我试图解开等号左边的未知数
反证你洗毛了领口的中山装
掩盖不住的才气
但横轴上的曲线太汹涌
我搁浅在你精心设计的假设中
如嵌在榉木里的楹联
遥望天边渐红的坐标
在如织的瞳孔里
等待救赎

我的论文指导老师

采一缕天边斜行的光芒
蘸一笔云海的浩瀚
你在我的毕业论文上
播种历史与现实碰撞的思想
从方格蹒跚的字里行间
你勾出藏在麦田里的杂草
让蜻蜓经过的时候
感觉到绿色漫卷的风度
你的红色激活蓝黑复苏的生机

让论据在论证中喘不过气来
你的那段批语染上苍劲的春色
唤醒我荒芜的心野里新芽的拱动
我轻轻抚摸你弧线的闪烁
感受一颗天下最美丽的跳动
深深地撞击
一张白纸的人生

竹竿敲击床板的声音

如风踹门而入又摔门而去
如悬崖跌落山涧
老师用竹竿敲击床板的声音
抽打我梦的脊背
惊醒晨鸟飞翔的慌张

我的学生时代
充满了对这声音的恨和无奈
充满了对手持竹竿的老师
像钟摆划破时间一样的恐惧
当雨滴打碎夜的灯火
我会本能地一跃而起

渐渐地我的脚步湿了
塑胶跑道椭圆形的喘息
我的青春
跟太阳一起染红天边
我心底的雪
独自登上山那边的冬季

渐渐地我终于明白
这个敲进我心骨的声音
是血液滚动的水袖
狂舞我人生的
必不可少的理由

白　色

照亮马鬃白色的阳光
在天空中放牧的云朵
踩着草原的枯萎曼舞轻歌

我一路进澳大利亚
就沉醉在这种白的耀眼之中
逐步沉沦并一尘不染地迷失自己
开始在异乡的挣扎和羽毛般流浪
当荆棘走过的路伤痕累累时
我面朝北方
默默地数落在故乡的雪
和雪覆盖在楼顶上安静的白
以及雪的白从领口灌进骨髓的战栗
这时一只鸟从水面飞过
我终于明白
他乡的白在天上
故乡的白在人间

蓝　色

那一片镶嵌在天边的
和我激越的初吻一样精彩的
漂在海上的蓝色
掩盖了我不远万里的足音
和淋漓尽致的思念
在达令港的廊桥中间
没有尽头的除了一望无际的海
还有我望不到你头发甩落的水珠
你抱着吉他为我弹唱的情歌
鲜艳在潮湿的雨夜
顺着爬藤伸进我梦的窗棂
点燃我挥霍青春的冲动
那一片越来越近的风帆
就像你离我越来越远的背影
空悬在这蓝色的海边
让我眼泪落下的声音
比海更蓝

红　色

正如你的心是红色的
你店面的格窗是红色的
那件从家乡穿过来的红棉袄
锁在箱子的底部
等待晚霞填平城市的时光

期盼是红色的
如果鹦鹉展开翅膀
你说的话是红色的
如果城市的灯火零落
你心跳的频率是红色的
当生活的苦难从湖水里泛起
你呼吸的力量是红色的
故乡那座凌云的山峰
始终飘扬着
如太阳一样升起的温暖
是红色的

绿 色

我在澳大利亚的家
离路边不远
离海边不远
门前一棵榕树把深绿伸得很广阔
如我老屋前的槐树一样神秘
孩子在树荫下小鸟般欢快蹦跳
枝头歇满了稚嫩的乡音
我始终不敢打开
裹挟我二十多年的青翠
怕那种撕开的痛
惊扰了手机里存储的爸妈的笑容
虽然我把自己点缀在异乡的裙边
悄然绽放独特的芬芳

但没有漂白的心
仍在老家的灰瓦上
等待妈妈升起的炊烟
漫过竹林叶尖的绿色
深情地歌唱

黑 色

你是我指环上黑色的澳宝
陪我浪迹在澳大利亚的沙漠深处
叩响黑色的马蹄声
寻觅生存的缝隙
我把大提琴征服音乐大殿的光辉
变成炉火蒸炒煎炸的旋律
就像你兰花指的娇媚
在洗碗池里舞得水花浪漫
不管暴风骤雨如何击打桉树的叶
你给我的微笑
始终如怀揣的那瓶黑土一样坚韧
当我把公司注册成你的名字的时候
我才发现你的额头
已布满彩虹般的皱纹
我的黑发
已变成白发中几朵零星的浪花
不知谁还记得
那个音乐学院的天才
那个歌舞团的台柱

殷常青的诗

YIN CHANG QING

红 颜

你是丝绸的,草莓的,是腰间的流水,黑暗中
抵达我的马,是一匹小小的,烛光里红红的马。

你是木棉最初的香气,阳光打开的石榴花,
我看到了一粒一粒不肯消失的红晕,蔓延着……

你是看见的,或看不见的召唤,比如清晨干净的
风声,鸟鸣,比如山谷清澈的溪流,香甜的蜜蜂。

如果葵花已经远去,你就是留下的花盘,
如果萤虫隐匿,你就是纠缠的火焰,闪耀的星辰——

我喜欢你是远远不够的,即使用上我的过去,
也用我的未来去喜欢你,也是轻的,远的,不够的——

你不是为一个人嫣红,但让一个人那样无端焦虑,
你不是为所有人滚烫,但让那么多人从此心怀蜜糖。

你是春江秋月,也是良辰美景,跃出碣石——
像岁月遗失在人间的红樱桃,挂在高高的山冈。

你是祖国的,也是江山的,你是乌有的,也是
红尘的,在匆忙的流水里,被众人日思夜想,多么好。

白 纸

一页纸开始是空的,像空旷的公园,落上的第一行
字迹,如一排长椅,也是空的,第二行字迹——

就像你和我,在其间闲坐,阳光温和,天空干净,

像从来就没有出现过乌云,从来就没有暮色——

一页纸写满之后,一切仿佛都静止了,像一片山峦
覆盖了另一片,除了流水,除了依偎流水的杨柳——

远方更远了。接下来会是另一页,又页,再一页……
像一列火车只要跑着,像一只鸟儿只要飞着——

你和我,就一直会在那儿,无声地凝望一条铁轨
伸向远方,无声地数着一切热爱的和悲伤的……

只要不停,在一页纸上,我们就远远没有抵达,
永远也无法抵达,虽然现在也会成为过去——

在一页纸上,我们并排坐着,原谅了时间的马匹,
和它身上的缰绳,原谅了从不为我们所动的国家——

还要接着原谅尘世的快乐,欲望,疼痛,原谅生活的
前后,也原谅左右,剩下的祝福就留在白纸一样的心里。

入 秋

炊烟升起,寄居在南山的云朵轻悄,焦急,慌乱,
从头到尾,一条河流先是拥挤,再是缓慢——

一个人对着春天,说出爱之后,还要对着将临的
秋天,继续说爱的温暖,爱的色彩和味道——

犹如一列火车翻越山岭,慢慢地从远方开来——
长长的身子,穿过白天的光线,惊醒路边的草木和昆虫。

它不知疲倦,来不及停留,像一个被阳光逼出来的
影子,一直跟在风的身后,甚至来不及喘口气。

犹如时间之疾,时间之热烈,犹如似花的青春,
将一去不返,那高大的秋天就要缓缓来临——

犹如春天只不过是急匆匆的过客,那么迅疾,又那么
迟缓,风吹平原阔,雨来大江流,鸟儿上升,虫蚁下沉。

春雷消匿,乌云隐隐,月亮出现在树梢,虚扎营寨,
黎明吞没了黎明,白菊盛开在暮晚,略带矫情——

低沉的声音从墙上的挂钟里发出,口含铜弦——
入秋,远方以远,田亩丰饶,岁月终日闲荡,终归安静。

过　客

春天的到来就是一棵草的生长,秋天就是一片
树叶,夏天和冬天,如一场雨或雪的路过,停留……

我只是想让少女一样俊俏的草茎,深入肌肤,
让蜻蜓落在肩膀,让这小小的天使休息一会儿。

我只是,把成堆的积雪比喻为一团翻滚的云彩,
躲闪着风的身影,和泥泞的故事。我只是途经——

夜晚是虚构的,窗口是想象的,流水是真实的,
——一尾金鱼游过客厅,一行白鹭刚好踏入青天。

一种凭空的降临,一种完美的无,如坐在乌有的
夜晚,穿上乌有的睡袍,赏乌有的月亮和星斗——

我只是比别人来得早了点,在这低了又低的人间低处,
种上我的天涯我的草木,日复一日,放养光阴的马匹。

我只是,为一只小蚂蚁搭建巢穴,让所有微弱的
目光,看见几公里的前程,我只是无意经过……

一年有十二个月,有十二双安稳的脚步,小心翼翼,
沿着生活,绕道而行,一定要缓缓的,缓缓的……

曾冰 的诗

ZENG BING

一棵树把悬崖抓疼了

所有的树都可以打瞌睡
它必须始终保持清醒

真悬啊！只差一小步
就下去了。倘若
能轻轻踮一下脚，就可以
抓住一片头上的云
可是，谁敢啊？
它必须抓得更紧
脚趾在岩缝中摸索的时候
一定扣出了血
脚上暴起的青筋，似乎
正酝酿一场岩崩

听鹰说
胆大的猫头鹰
一直在上面偷情
月亮一直很担心

风，一刻也没有放弃图谋
腰弯得都要断了
却总能瞅准一个间隙
猛一甩头，又一次缓过神来
当我看见它的时候
都想放弃

我不忍心，仰望得太久
怕它再也坚持不住
跳下来，抱着我哭

在路灯下轻轻转身

那些走过的人
都不是路灯要等的
我也不是
我只是一阵风
制造的
一个小小的激灵

一盏路灯要等的人
也许是另一盏路灯
就在不远处
在人间，这可是十万里的距离
所以路灯是用光速在走
用情欲飞奔，用光年
秒杀人间的尺寸
早已有过的到达，数也数不清
但一盏路灯看不清另一盏路灯
即便它屏住呼吸
偷走我的睡眠，也只看清了
那些路过的人

可以肯定，路灯又回到了原处
在我轻轻转身的时候

心里有一块铁

鸟的叫声是个耳坠
我身佩玉玦，在人间晃荡
我是个穿金戴银的人
而不是你们看见的那个人

一路上，山水看我
我也看山水，花草相互梳妆
流水把自己洗干净，邀我
去看骨头

我是个贫穷的醉汉
也是个风流的郎中
还是个祖传三代的铁匠
由于在锈铁里掺进鸟鸣
我打出的器物，又光又亮
烟尘不附

听着鸟鸣
心里有一块铁
虽然冰凉
但永不生锈

深 秋

一些叶子，还在树上
我已深陷其中

我对一块石头说
可不可以，没有秘密
石头沉默，却靠紧了
另一块石头

花朵抽身
留下干枯的枝，留下
满地的香魂

起霜了。秋天
我爱。我说不出
为什么爱

秋天。越来越深
有刀口那么深
那么深

露 营

那一夜，是我和杜鹃花的初夜

我很累，一万多亩的杜鹃
要一树一树地开
要一朵一朵地开

我们拾来木柴，点燃篝火
其中，有死去的杜鹃树
火苗闪耀着，有杜鹃花里的红
几颗星子，掉进了柴灰中
山风呜呜，拼命往骨头缝里钻
往岩石裂开的口子里面钻
烤火的，除了我们
还有天上的众神

明鬃羊看见了鬼火，哭了一夜
帐篷里的鼾声，是半球形的
第二天清晨，一想到是在小神农架
心脏像一头野猪，在肋骨围起的
栅栏上，拱了几下

冬 日

风一吹哨子
树就开始跑步

冷啊！

我一斧头下去
疼醒了一截
冻僵的木头

天空转着圆圈
筛，米粒似的雪点
漏下来，一群八哥
在田野里走动
皴出几道新鲜的
墨迹，似乎也暂时
抹去了，村庄的孤独

几声咳嗽
撞到山岩
方知回头

火塘如梅

盛开在母亲的手指上

围 脖

冷风如刀，大地为砧板
众生皆为鱼肉
这话是古龙说的
古龙已经作古

但冷风并没停息吹拂
冷　风　如　刀
直盯着项上人头

不见人头落地，地上
只有2014年秋的几片落叶
人头高过人头

人心的江湖依然汹涌
把围脖围成救生圈的样子
在人头的波浪里
人头高过人头

植树记

清晨醒来，用两声干咳向地球问好
顺便吐出心中的黑夜
第一泡尿，必须屙在红豆杉下
这些植于早春的树苗，有伊人之美

是的，天上不造馅饼
只造星月和鸟粪
我习惯这臭一点的运气
只听从肥力、摇曳、暖风和距离的教诲
在阴暗的泥土里翻找那些细小的光亮

不定义绿肥红瘦，不妄言明日阴晴
手中的枝剪，心里的铁锄
暗中较劲。斩草务必除根
也除掉内心的恶
剪掉那些多事的枝蔓
也剔除带刺的杂念
大地总有不易察觉的轻颤

举头望天，穹顶不过一条虚幻的弧线
流云如匪，惊悚于飞翔之重

寄情草木，并非我之初衷
我只是转过姑且之身、低头
走过这内心的风景

挑 逗

我挑逗一束春天的野花
让蜜蜂给它授粉

我挑逗一条寂静的小河
抓起一粒蝌蚪又放回去

我挑逗一片冬天土地
悄悄埋下土豆的种子

我挑逗一朵上升的白云
眼看它慢慢怀上了闪电和雷声

我挑逗这漫长的夜
让所有的星子不停地眨着眼

我挑逗这冷血的生活
写下诗

张永波 的诗

ZHANG YONG BO

今天，我要认你为兄弟

今天我要认眼前
这几十口油井做兄弟
像宿命里的某种暗示
他们顺从地站在我的目光里

不远不近，是我每天都要看望的兄弟
荒野。他们平静地守望着
月朗星稀，守望着花香鸟语

我能感觉到他们的心声
和热血的喃喃自语
感觉到他们视野里的空旷
寒暑，还有身体里呼喊的饥饿

有时候，人相望久了会生锈的
锈迹斑斑的情感
要用油漆反复擦洗才能浓厚
爱慕，为什么要用颜色说出
才显得真挚
其实我不说他们名字
你也知道叫什么

在荒野里。扮演劳动者的角色
我多想常年走在他们的身旁
说上几句知心的话，用辛勤的手
描绘土地
蝴蝶在金色的光芒里飞翔

我，别无选择
我们不能离开这些兄弟
如果那样将是分离疼和痛的成分

那样爱和恋也不会柔软
他们和我将不再是心灵的影子
今后，他们将成我的汗珠
和胸膛里的心跳
今天，我要认他们为兄弟

我的牵牛花

我一度迷恋的油井旁
那丛丛悄然粉红的牵牛花
吆吆喝喝地
像赶着春去往夏天
这一朵朵怒放的美
等待着亲昵的嘴唇

隔着月光，我打量它勇敢的香气
竟和石油的芬芳挨得那么近
我开始揣测它的身世
允许它短暂的柔光
兴衰在我的情感里

我们静静地爱，慢慢地渗透
它每天迎着我绽开，送着我凋落
在春天，我期待着
它破土、分蘖、含萼、怒放
我们就分不清你我
石油让彼此省略了四季
大概这也算是
原生态的爱情吧

祝福我和牵牛花
任何方式的爱
你都给它
存在的自由

和秋天谈心

让碱蓬草的红再浓艳一些
再浓艳一些,我的石油井就会在
火和岁月里化为光的图腾
让鸿雁的啼鸣
再清脆一些,再清脆一些
我就能隔着冬雪听到春的
脚步声

秋天的风,请围着我的石油井
多转几圈,别急着赶路
漫野的菊花想见你,田畴里的
黄豆、高粱想见你,还有
采油人的步伐,被你一吹
就欢乐起来

秋日的天空更蓝了,秋日的歌谣
更亮了。工友们在作业区干活
嘴里唱着曲儿,眉眼里挂着喜悦

我要让手中的样桶里灌满阳光
还要准备好生活的参数
去数公里外的西下洼子查井
秋天越来越深了,收获的日子
可不能错过与石油
晤谈的机会

对一棵树的礼赞

有一种树喜欢将根靠近
千米以下的泥土,这样
可以借地气说话,说大地心窝子的话
说出石油的音阶,说泥土的方言

我的礼赞风彩旖旎
情景饱含着敬仰,它枝头上的
果实,任流水把一江的咆哮和
奔腾,藏在生命里

沿着古河道,诉说最后的澎湃

旷野上,这些树像石油矿苗
秩序地生成美的符号
没有什么比它绽放的花朵
更让美表现得那样冲动
躯干里包罗勇气的触须
枝条上存蓄着向上的锋芒

它铁质的叶脉像工艺流程
被时间制成树的幻象
它分泌出的浆液,像工业的乳汁
智慧,携带着意志,直至
我们找到飞翔的乐趣

请给予这种树诚挚的礼赞
多少绝美的词语,进入时光的管道里
像我们出入的居所
让陌生的人步入记忆
我们的礼赞,真挚无比

景园里的灯

在深秋的夜晚灯暗了下来
心灵盛满月光的石油人
像一只候鸟
黑暗里也能找到栖落的枝头
凭借记忆里航标
也能测量到灵魂的故乡

星星点点的灯火
像他内心的风暴
夜里梳理一下自己的头发
他多年的习惯
在深夜里整理思绪
像整理自己一天的疲倦
他知道在秋天有一个清醒的头脑
冬天就不会再挨冻

更多的时候
我想起一个好人
比好多优秀的人还要优秀的人

原谅我,不该将人分为好人和坏人
尽管生活里有据可依
但时光倒退到N年以前
每个站景园里的灯下的人
在我眼里都是真的

诗人钻工逸尘的目光

司钻逸尘是个诗人
他握住刹把时总是轻声低语一声
风听到了,我却浑然不知
有如一句描述生活质变的叹息
竟如此的掷地无声

从他会说话的眼睛里
我看出了赞美和赞美后留下的一丝不安
一双盛满忧郁的眸子轻轻一转
钻探区的春天里就多出一个
用诗歌吟唱未来的人

整个春天
雨在奔跑着
一些花朵舒张开了多彩的思想
含羞草柔情的眼神里
充满了感激
在钻探区的天空下
欲呐喊出的万丈豪情
正蓄势待发

用目光写诗的人依偎土地

像鸟儿的翅膀擦拭着天空
像蜜蜂醉卧在花丛

采油工曼娘的世界

整个春天,曼娘都欣赏百合花
她说,那是梦开始的地方
然后首先去草原
在牧歌和长调中辨认故乡
那是皈依,更是幸福的眺望

整个春天,曼娘还要在梦的边缘
温习母语和花朵的芳名
古典的海棠
时尚的连翘以及波斯菊的身世
还有步步登高伸长的手臂
一直挽着向上的美丽

整个春天,曼娘在油井旁种植花朵
在石油的意志间筑巢
她说,有花就能招蜂引蝶
当白云飘过蓝天、影子落进湖里
她会小心捞起晾干后将它送回天空
当鸿雁路过这里
她会为它打扫出一间干净的屋子
如果还有愿意参与这份生活的人
她会用禅语为其祈福
她会双手合十
把思索存入档案中
让历史和未来的风吹醉自己的人

陈满红 的诗

CHEN MAN HONG

看洛夫写字

秋风　箫声从笔端流出
一声叹息在纸上洇湿开来
"一夜秋风　她便瘦得如一句箫声"

写下这一句
他也瘦了　提笔的手
停顿在渐宽的衣带中
字的骨头露了出来

前朝的书生也这么写过
但都没有瘦得这么厉害
他是提了一口气血　把绝句
化成风　化成箫和墨
把最想说的　隐在飞白中

这么轻的一句
耗尽了他半生的气力
墨汁未干　闪着秘瓷的光泽
而她　正坐在那个句子里想
他是用了哪朝的窑火
才烧制出这么一个意象

像落花一样离开

茉莉抽出新枝
它想开花的想法
等同于　我对一首诗的构思

一首诗即将光临
对应着我体内某节枝桠正在分蘖

它想把我缓存的隐密
开出茉莉的香

每一个字
都是花香的出口
它们的最初　被我
捂在怀中　轻易不肯示人

而它们最终以汉字纵列的队式
带着我灵魂的气息
一行行地被人青睐　或是漠视
它们就已经像落花一样地离开我了

坐春风

她坐在小区的长椅上
饮下一杯春风
觉得自己也是一片春光了

枝头的新绿
让她有抽芽的萌动
但她不知道　她的体内还有没有
一片春风吹又生的草原

阳光绕过楼盘照过来
她忽然很想融化
风拂来拂去
把她的头发吹乱又理顺

她渐渐感到
有种被劝解的宽慰
再深的枯萎也能被春风修复
她也不例外

听 雪

《苦雪烹茶》从洞箫里吹出来
天空就开满了洁白的花

边开边落
一层沉默压住另一层沉默
一片空白覆盖住另一片空白

箫音袅袅地说出
无边的燃烧和寂灭
茶香浮上来　窗外愈来愈白

此时落得正好
风在　花在　月在　酒在　茶在

我在慢慢地等
等天地染成一张白纸后
一首干净的诗不请自来

白

米的白　盐的白
一粒粒流进我的身体
棉的白　丝的白
一寸寸包裹我的温暖
雪的白　霜的白
一片片凝聚我内心的梅香
云的白　浪的白
一朵朵装点我的梦想
所以我最后的骨灰　有人间怀旧的白

影 子

盼望有只杯子为我空着
当我把溢出的孤独倒入其中
我就能与那杯子相知相惜
月光懂得我的心思
将我的寂寞投影到墙上
我举起了酒杯
墙上也举起了酒杯
我有些病中的憔悴
墙上举杯人也一样地消瘦
碰杯时　我看见
那只杯子装着与我一样的悲喜爱恨
我暗自惊心　所有与我相关的
醒着的睡着的事件　它从未缺席
而我从未像关心身体的某个部位那样
去关心过它
我寻了四十年的杯子
就在墙上形而上地举着
此时　它在月光下
用夜一样深的沉默对我说
一个人的时候
要学会自己跟自己干杯

莲子心茶

佛祖去了哪里
把一颗舍利留在莲子里

一层层地打开
打开淤泥　黑暗和湖面
打开莲房　莲壳和莲米
最后打开茶盒
像打开法门寺的七重宝奁
一颗双手合十的心被掏了出来

那么多的心泡在茶杯里
我只是轻轻一抿
就知道了佛祖的慈悲
佛祖把世人的苦都度进了自己的心里

这四处突围的心火
这痴哀嗔恚包裹的身体
除了一杯清苦
还有什么能够度我

袅袅的热气似湖风摇荡
一阵香味醒来
杯子还原了一湖莲花
举杯　一湖水被我一饮而尽

小 酌

她在滦河之北　我在汉水之北
隔着河南省　我们遥遥举杯

几碟新词　几碟花香
几碟拿手小菜摆在微信上

她斟一杯寂寞　我斟一杯孤独
一碰便成小女人的婉约

她举一杯燕赵之风　我举一杯荆楚长歌
再碰即是高山流水

神仙不过是来去自由
时空正任我们纵横捭阖

繁文缛节被一一屏蔽
喜怒哀乐清蒸小炒或红烧　风味自调

酒过三巡　菜过五味
我家阳台上的茉莉又开了几朵

来来来　干完这杯就下线吧
一声轻碰　黄河水和长江水也跟着微漾了一下

兜 兰

仅有盛开是不够的
还要邀请　像举杯邀明月那样
她举起了一把玉壶

开得用心也是不够的
还要开得别有用心
无关悬壶济世　只为请君入瓮

妆要化得玉洁
配得上一颗冰心的交付
毒要美得欲罢不能　像斟满
一杯花酒那样　举案齐眉地捧出来
再提一兜香　在风里袅袅地绕

没有谁会怀疑
她的温柔乡是一个陷阱
布阵　设宴
只为粘住不安分的翅膀
就算不能比翼双飞
也要牢牢地锁住一只蝴蝶的朝朝暮暮

穿过一首诗离开你

似曾来过
仿佛无数次地从这里经过
落花的小径　从我的梦里伸出
又蜿蜒进梦的最深处

花落的声音　和花开一样轻
点点黄　微微地颤动
像我曾经怒放的心
此时正一点点地遗忘
一点点地放弃

花开花谢间
开始和结束是那样的近
或许经历一场花雨后　才会明白
所有的花开到最后都是为了离去

这算不算是一场幸遇
虚拟的小路
正好通向你幽密的花园
秋阳闲闲地照过来
我原路返回　踩着一地细香
就像穿过一首诗离开你

新发现
NEW FINDINGS

颜笑尘
YAN XIAO CHEN

本名颜彦，1995 年生，湖北荆州人。重庆师范大学新闻系 2014 级本科生。

傍晚有只棕色的猫

〔组诗〕

YAN XIAO CHEN　颜笑尘

聋哑者

再这样沉默地坐下去是无效的
午后空气潮湿，生石灰在食品袋里沸腾
此刻，老人张嘴吐出巨大的巴别塔
我们一触摸自由，伸手的动作就与之相悖

眼下我无限期待他母亲出现
或者房间里再多一个人，影子也好
当他指着静止之物兴奋地表达
上帝，我听不清楚

我们居然都没有影子
退回各自密闭的容器，魂魄一唱三叹
他多么孤独，当两瓣嘴唇用力张合而无声
如果我不反省我自己

现在，他应该退回去
退回他的空房间，在隔壁
我可以把他发出的声音混淆为
"妈妈"

枯　荷

这些竖起的断桥，披上刺，像残存的战场
方向不定，折痕深浅制造新词
与某些目光成为姊妹，后者犹疑
前者生长。向天边，向麻雀，向一切

静止与流动之物的背离，没有语气
可供翻阅水域合拢的破碎

一朵，两朵，三朵叠加
绵软地站立与尖锐地坍塌

奥斯维辛

耳朵是不如眼睛自由的感官
没有新闻用于膨胀怀疑主义者的口腔
白杨树，波兰河，中世纪的铁笼长满寂静
想起天黑，就落下巨大的棺木

不要悲伤，把寒冷从胃里掏出来
延伸一种对微笑的饥渴，女孩
逃离死亡喋喋不休的演讲
不代表你不尊重权利

不要悲伤，另一扇门不属于白昼
自由诞生于安慰
空房间不期待脚步声
这乐趣类似于陌生人群

沉默或者打开，共同组成撤退的方式
不要悲伤，我们被这样无奈地呈现
约等于尺子，掷地有声，断裂无声
请正视，枪口是换了表情的镜子

傍晚有只棕色的猫

在深山中
我无意瞥到晨昏边界
暗色里走出一只棕色的猫
当我觉得屋子很空

就喂它麻花
这不能被祖母的母亲发现
这是她走很多路唯一能买给我的零食
有时候她不穿上衣
露出耷拉的，和猫同样颜色的乳房
纵向褶皱如生硬的素描
更多时候她和光线一起消失
只剩下猫发亮的眼睛和我手里的麻花
它叫一声
我掰一块
后来她死了
猫也不见了
我看到所有的猫
都开始在傍晚长出皱纹

元　素

多年来，引领我体内潮汐的暗渠
似乎又延伸到体外了
母亲说她始终做同一个梦
台阶长青苔，小船深红色
我的情绪躁动不安，不愿听她说完
我的河流急匆匆哗啦啦，终年落满大雪
母亲的棕色眼睛里积累湿气
最终成了柴屋灶台上烧开的水

我日复一日地练习静坐，冲茶，种花，等人
各种元素各种颜色，都造就我的寒性体质
河水坚持不发一言，在没有战争的清晨
像我一样面壁思过

而不计其数的尘埃在移动啊
像气泡浮出表面
我每戳破一个，都是戳破自己

我沉默时最爱你

从睡眠中折断
对立的姿势
折断意识的羽毛

当它们不够明显

一种深入的渴望
积雪压枯枝。

或把安眠丸倒入酒杯
把石片投入大海
此刻本无意寂静

把力量退回沉默
把鹤唳退回墙壁
把竹叶退回魏晋
把我退回我

所有这些都不是词，
要退回语言。

细跟鞋

凌晨三点，脚步声在门外
我猜测撕扯夜色就会看见所有女人
涂着红唇狂奔

惟独她沉下去，像针一样
从书里一页一页学习蒙娜丽莎
无数次我想要开门
瞥见她：尘满面，鬓如霜

我翻来覆去
陷在以爱之名的白墙里
从梦里伸出一只手
握住她摇摇欲坠的脚踝

白马夜游

白马和影子之间，隔了一盏红烛
从年前到年后
云上到檐下
烛泪一滴一滴落开
烧糊我的锦衣
我在午后给父亲打电话
讲述昨夜偶遇一对落魄夫妇
白马迎面走来
他们走丢的女儿手举红烛

黑暗是洁净的

起先，是从墙根昏暗下去
这天地间巨大的古籍，一直在翻动
我们年复一年解读窗台
四面，蜘蛛网很不安

脚踝成为静止的水流
它们喁喁交谈之声
如纤指削开苹果
雾气弥漫口腔深处的镜面

像我听到隔壁，母亲给弟弟朗读
故事装载椭圆形小腹
柔软、雪白、充满善意
照向我又包裹我，这枚隐藏的卵石

有时我透过磨砂玻璃看一两只麻雀
它们的影子挨得很近，之后又散开
在我无法触碰的栅栏上

画春光

从匍匐的姿态里
她仰头狠狠地朝镜子里看
这个虚构于自己之外的女人
和自己一个模样
像雪花赤裸嵌入黑暗的皮囊
她要把她盯出来

像她寂静无声地盯着芸芸众生
先从子宫里
后从衣冠里
再从魂魄里

从毛孔到时光的黑洞
从眼前到身后

她将这冰冷视为毕生的乐趣
或是一点插曲——

这原本也没有明显的界线，在史册上
不管是张三，还是李四
用不忠与忠诚同时
把她的一生的表情
修炼成永久应季的桃色

冬 日

所有的故事终将在冬日重复，像一层层抽屉
几代人呼啸抽动，只有影子可以溜进去
长久以来我坚信，万物凭借天赋相爱

四十年前，父亲与祖母初识
二十年前，母亲与我初识
十年前，我与檐下的燕子初识

我模仿它们走在细绳上，无限接近
天地之间的隧道，换一个方向跨过去
就是从《牡丹亭》走到《桃花扇》
纸上的生死关乎情爱，而长满厌倦的人间
只有天气能与这结界亲近

长幼有序
谦卑有礼
坟茔上的荒草别去拔它
等待它们与冥币一起挥发，与空气一起冷进骨
  头
或者扑面而来
而我下跪的姿势，多么像对千次万次遇见的膜
  拜

女性诗人
POETESS

苏若兮
SU RUO XI

本名邵连秀,七十年代生人。原籍安徽滁州,现居扬州。诗作散见于《诗选刊》、《星星》、《诗歌月刊》等。有作品入选多种诗歌选本。著有诗集《缓解》、《扬州慢》。

苏若兮

心灵胶片

·组诗·

心灵胶片

越往山上去
草木越是枯黄
一大群的树干,因为阳光,有了
鲜艳的阴影
昨天,我还不认识这些石头
云朵。今天它们承载了我的沉重和轻盈
美弥留世间的时光很短
但弥留内心的时光漫长
几个人在山顶走动
就像一个人在山顶走动
想到一个人,很多人,仍在烟火外辗转
自然就会与爱合谋
来吧,看看喜鹊窝,赖石山
港里人家,除了回归
没有什么是我们需要的

……

雪飘下,就化了
就像
前往你生命的目的
只带着自己上路,只
和风尘作伴

他们取走了玉米,在田地里,留下了秸秆
流水轻成黑暗
那触摸得到的空洞
常常
让梦慌不择路

当灵魂都想轻生
还要肉体做什么

避之不及

有过青春的物体们
在阳光下
投下自己的身影

"上帝，什么时候将我们收了？"
内心很乱
狂抓自己的影子
在现实处安身立命

越顾及形象
越没有道路
事故不需要黑暗
它们在不停地发生

梦中诗

在梦里，她依然是个好看的人
从镜子中打量自己
一次次获得自信和满足

人到中年了。在幽闭的洞穴
她看着初恋走过，情人走过，孩子们走过
他们都笑着回了一下头
她叫他们的名字
她难受，身上的衣服，怎么脱都脱不掉

书一页页地翻过去了
她记不清被作者托付在哪一页
"我不是湖水，不能永久地活着"

有种欲望将她升腾
她飞着，誓与尘世为伍
被迎面而来的人
撞得生疼

告　慰

金银花叶，蜷缩着
覆满了霜露
在墙角，它是不是代替我思想
为了焕然一新
必须爱上这个冬天

必须让风，凛冽地
来心上披拂

和时间一起匀速地奔跑
一切都将是新的
河流，山川，年龄，容颜，故事
和一首诗歌渐长的手指

一首诗歌将要触摸的
远比春风触摸到的，要多得多

盛　开

需要温暖的时候
他们不让我流泪
附着月亮的耳朵说
泪流尽了，就不好再去悲伤了
他们提前在屋后为我预备了一座深井
我不诉说，不燃烧
只跳进

跳进的还有星辰
赶不走身体里的乌云
痛苦亮着，和黑暗一般深
心愿意一次次冒险，翅膀
却已熄灭

他们觉得埋葬了我
用波澜和虚空
我只好一个人悄悄地看守自己
每靠近井口，就预约一个灵魂

疑　云

有这样的天空
愿意收容。更像是未经过授粉的花尸体
飘出羞愧和纵容
需要相信和虔诚

不一般的挨挤，对视
会有风脱口而出：逢场作戏

多么可笑，我靠着他
有他比不了的晴朗
和孤单。心总要大过这片片朵朵的旋绕

用网,网尽漏洞
他溜走了,就不再是他了

越离开,越庞大

图 钉

我不敢保证他没有锈渍
他有过去。即使他深深地揳进墙体
他也热爱着。局限在自我的意志里修行

离开那些图页,风云,布匹
他就来我这儿打坐
人生有许多空白,他在陌生的一角填补

那么乖。成就终点
必须这么一点一点地,用狠劲儿
将他摁进苦难和婚姻

忍一忍,冬天就过去了

心一旦萧索
就锁住了所有的繁华
灵魂总是先于肉身醒来
除了被无数次虚无
肉身,算得了什么
一轮归西的太阳,用什么心态
映照林间的残雪?
春风越爱越博大,她的耐心甚于我们
涂抹的颜色,跳出绿,跳出盛开,跳出重生

那么多的根茎枝头
都是预言
这个分秒的心跳
让你分外动人
好消息将你带走,我是
远方的耳目

麻 药

将它像巫蛊一样饮下

不需要多少年
我们就戒掉了激情
余生呈着病态——骨质增生
野心磨损

只有悲伤,不被我们洞悉
只有爱,让我们诚服

空旷,不再属于任何人
我们和时光还是相互威胁的关系

相执不下中,都甩不开彼此

我不醒,我不想醒
想想这个世界的好
还有痛苦,沉默,无知觉的人可以炫耀

入 戏

轻轻地咳一声
天就亮了
两个人抱着河流还在入睡
面容抽象,但呈现了争吵后的和谐

明显地,爱情被他们当作道具来回抛掷过
细微的影像在画面中
不断幻化,分裂,谋合
忽而有形状,忽而一片空无

硝烟弥漫,但不现武器
荒诞而自然
从观摩者到表演者

火车开向哪里

我一个人在听
月亮,想停,却停不下来
一个地方,一个景
先是芦苇,运河,接着是
山脉,灯火
靠窗的座位,换了一茬茬人

星辰也呼啸而过
我不回首,我只泪流满面

风不能带走一棵树

或许,它真的知道自己的图腾是什么
当树叶落下,被卷向陌路
稀疏的枝桠间,是来呼吸的月亮

不要飞翔行不行?激荡的一夜
可能就是爱的一世

你来过——为了记住和见证
所有身体的外衣被剥脱
为了记住和见证
我是一棵慢慢光秃的爱你的树

不知道蝴蝶是谁变的

从心疼某朵花开始
他要心疼那些来授粉采粉的家伙

一定是有了上世的仇恨
才会有这世的眷念

依依不舍,像娘子和夫君
冒着缠绵的坏样和傻气

你将如何度过夏天

我去问候了一下木头人
告诉他,我的人生又短了一截
安静的喧闹的
都跟着流水去了
我试着移动身体,让她走到边疆
一路上,尽是错误的前途

像辨认他一样来辨认一轮月亮
那么有难度。我要先承认我是贪婪的
在愉悦和美好间,现实和理想间
做到的就是无法取舍

想下去……想成瘦瘦的瀑布
想成长命的鸟。能分享
依偎。也能自由

是这样的生活选择了我

像风一样
给树写一封信

遇见碰撞,每片树叶都在悸动
然后说:好吧,再见

说出的话无声
他却听见了

一个个字留在信上
舒服过了

又躲在纸间难受

你好,明天

先是一个觉醒的人
抱着短暂的黑
和你分离
欲望茫茫的,你看不清
他的脸是红是白
还是喜忧参半

对此,我们向往已久
现在释然了
太阳的脊背凉凉的
所有恨意消解

我们做到的,就是对自己残忍

凡是我们居住过的
风雪也来居住

小 心

那么滚烫
他躺在草丛中
裸身,但不邪恶

甩不掉那轮月亮。弯镰刀一样的月亮
你停它停。像望远镜

银河淹死多少要苟合的身体
银河闪着光,不容许
人间产生幻想

我们拥抱着
在假设中
四下寂静,所有生物示爱
都是第三者

隔 壁

再爱我一会儿吧
她对梦中人说
秋天到了,处处还听到夏的余喘
秘密也被展览一回
爱一个人,可以爱出声音:
微烫,有汩汩之音
有如憋闷体内很久的泪水
在面庞上前仆后继

凉意不能被田野上的风独占了
他的去向,也是她的去向
往存在或不存在的空间

秋风暖啊,她告诉他

快递员抱着浪花
送来大海被扑灭的消息

我的笔

我写了,这个时代里
有你

醒着,困着,都身不由己
为宽恕,准备了很多愚蠢和错误

土坯墙换成石头墙,石头墙换成水泥墙
水泥墙换成瓷砖墙

我写完了近景
远方更远了,那里
还有人等吗

至少秋天来了

夜本没有动静
你让夜有了动静
抱着一团空气
你像抱到了爱人
大口大口地吃
吃她的颤抖,吃她的泪水
吃她风中烟形的身体

再吃下去。树就失去了
所有的叶子。最后的蝴蝶
吻了下残花,失明地飞走了

除了抱她。你能做到的
就是让她从虚构中
带着你的体温逃离

因它而美

✹ 苏若兮

写得久了，反而不知道诗歌为何物了。

其实当初也不曾对诗歌有什么具体的定义。感觉读起来语感舒服，表达自然，被打动了便是好诗。多年以后，也未有丝毫改变。

于我，写作是找到了一个让自己自由放松释然的倾诉的出口。

我喜欢我的作品集中起来，就是一部背叛史。背叛传统，背叛生活，背叛自己。是孤独到极致才有的背叛和诉说的经历。

当我们选择写作，就选择了对抗传统。一个有持久创新能力的写作者，才能得到历史和懂得艺术者的认可。

当我们都对美迷恋到要用文字、画笔、手、弦音去表现的时候，艺术就产生了。

我喜欢我的作品充满着音乐性，画面性，诗性，哲思性，叙事性，抒情性，自由性，宽广性，蕴藉性。它可以背负记录勾画拍摄的重任。更可以以它本身的美引领更多艺术区域的美来让你投入。

我也相信它可以留下我们失却的年华，心灵生活的影迹。

一个作品的读与写一样重要。甚至比写还要重要。我以为意会出的境界应该多过言传出的境界。就如一座桥的架起，联起了两岸。

想象更有一付遇风弥坚的翅膀。

我喜欢朴拙的事物，能够朴拙表达的，也定不是工于心计、虚伪生活的人。

有什么样的土壤就产出什么样的粮食。

创作，只是给多感百味的人生一个备忘和交待。

写着写着，只是告诉尘世，我们来过爱过哭过并不可一世过。

从另一种意义上来说，我们是被文字委托之人。我们必须有效地重建构造它们，赋予它们无限的可能和深层的蕴力。一旦热爱它，便有了使命。

不束缚词语，也不为词语所缚。

不只激情能产生火花。灵感也能。孤独也能。

灵感是飞翔状的。你必须在秒瞬间捕获它，与之交集，由着它带领，进入一个忘我的写作圣地。

试想，哪些点滴时光不是稍纵即逝？所谓的时间之海，其实空空如也。只是落满尘埃的干涸之洞。

诗歌的写作，让我觉得写作的自己是美的，独特，快意，新型，发着灵魂的原声，被自然之墨装扮，像被道法点拨过的鬼斧神工的匠人。

仿佛一切都与我息息相关着。我要抒写，要表达，仿佛有一片荒地，要我去开垦耕种。我热衷用灵感的瓷片、激情的砖瓦去建构一座座富有着灵魂的建筑。里面的所有摆设，装修细节，交由理想主义者去布置，处理。

我写孤独，幻觉，时光。我相信有种简单和纯粹可以缓释着什么，像灰尘落到水中，像炊烟回归天空；像东流水，从高到低，从细软到巨流，一切都那么自然而然。

我在与文字作着秘密的邂逅。与青春爱情亲情故土难舍难分。心间有诗歌来走动时，我离群索居。为了释怀，怀念，赞美，我又必须离人间近一些，再近一些。

实际上，它们已经是一株株你植育的生物。或葱茏或精致或高大或弱小，不管生成什么样子，它们都是你曾用心来孕育出来的孩子。一个母亲，会用无限的宽容和苛刻的爱来念想她的孩子。

我希望读者读到我，只是说我写的是生活，而不是诗歌。

放进令敏感而敏感的敏感词。发挥其独特的触动摇撼作用。

其实写作完全是一种贪恋，像雨和风尘贪恋着人间大地。

真正的好景致只有站在一定的高处才能饱览和领略。[Z]

探索频道
DISCOVERY CHANNEL

天空之城与殇歌
|罗鹿鸣

秩序井然的鹰鹫站在漫坡上
早已嗅到了血肉之香
不停地在原地拍打着翅膀
等待出场

——《天空之城与殇歌》

天空之城与殇歌

□ 罗鹿鸣

第一部：死亡

突然，你闭合了所有
曾时开时合的生门
眼睛、嘴唇，还有所有的毛孔
你不再吸入一缕日月
也不再触摸一丁点儿的草原
再听不到羊的咩咩马的嘶鸣
灵魂出窍，生命分离
罹难的体熵留下
一座逶迤的高原

你的心有时幽闭如一粒
帐篷前满地皆有的尘埃
有时坚硬如帐篷匝脚处
那一颗黑不溜秋的顽石
有时，像烟囱之上
打开的天空，装下古往今来
装下恩怨情仇，装下
前世今生来世一切事物
曾经的劳役开凿过你的四肢
苦难坐在你的胸膛里
让你撕心裂肺，生不如死
曾经的桎梏囚徒画地为牢

如今殇亡，雄心萎蔫
如过气的马兰

天空像一块巨大的白布
在你身上包裹了一层又一层
你因追逐失散的牲畜
而摔下羸马的瘸腿
从此不再疼得让冬天
也冒出冷汗，让烈日也结出寒冰
你再不用为佝偻的老母亲
端茶倒水，帮她瞭望星星
再不用为妻子皱裂的脸
用油脂去抵挡风霜雨雪与太阳的袭击
像矮楼梯一样排列着的儿女
再也不用传教征服烈马头羊的绝技
从与你一起风雨兼程的兄弟姐妹的
喜怒哀乐中跑了出来
像一匹离群索居的马
奔向新的旷野新的辽阔
那里有雪豹在等你
雪莲以欣然之态欢迎你的到来
那里的一切都在雪线之上
阳光明媚、雪山巍峨、神灵穿梭
你告别今生，义无反顾
你扑向未来，就如襁褓奔向乳房
要不要带上去青稞

要不要带上奶茶
要不要带上手抓肉
要不要带上活着时想拥有的东西
上路

第二部：出发

喇嘛如涌潮的诵经止息了
黄色闪烁的神灯熄灭了
为超度殇亡所做的善事告一段落
喇嘛卜定某个单日
是你最后离家的日子
你的儿子背你到帐房门口
从此便义无反顾
发小们将你的双脚后扣
与反到背后的手紧握在一起
你的手足生前都在前面表示亲密无间
而反手反脚相连是最后一次紧握
是手与脚的特殊告别姿势
一根绳便是手足维系的全部

两个最亲近的伙伴用一副布担架
将你抬到坛城，吆喝连天
向神报到，向人告别
转了一圈，天地没有东西南北
一切都是圆的，坛城是圆的
穹庐是圆的，就像左眼与右眼
也都是圆的。你没有流连金碧辉煌
也没有依恋一圈一圈转动的朝拜的人流
你知道他们流动的方向
那最后都要与你汇合到一处

然后，几个兄弟将你捆在
摩托车上如一捆韧性十足的
木头，奔驰在斜立起来的草原
比那骏马还颠
可惜再也颠不散你的骨架
比马快多了，效率是没得说的
真有助于天葬的抢墒
但，还是马值得留恋回想
在草原深处，一溜烟
与你黑牦牛帐房上的那一溜烟
做最后一次的相缠

远处深山里的黄羊，在
峭壁之上向这边打望
脚下，踌躇不前
心已纵身跃过壑涧
送你最后一程，亦友亦敌
但终是伙伴

第三部：天葬台

此台并非在天上，亦非台上
斜放着的搓衣板一样的草地
中央有一颗小斗大的
还没有牛头威武的石头
天葬师早已候在这里
鹰鹫早已候在这里
肩并着肩，手拉着手的山
早已候在这里
天上的那一块蓝布
一千年前就是如此候在这里
还有那被牧放的白云
从一万年前回来看你
河流离你太远，你的脚是
够不上了，你的血会投入
泥土的波澜里，浪花
开在江河之上，奔向东方
离你最近的是谁
是经幡在风中烈烈发声
是风马在奔跑的蹄印
在空中显影
再没有煨桑的祭奠仪式
也省略了齐诵六字真言
一步之间
跨入最后的祭坛

第四部：天葬师

黑衣黑脸的持刀相向的人
是同胞兄弟，是送你最后一程
扶你走向通天大道的手臂
他以刀、斧为马
在生与死之间驰骋

仿佛举觞相庆

天葬师，最后的送行者
助你走向天堂最后的友人
你遁入虚无的最后的驿站
离开了故土难离的故土
住过的牛毛帐篷像远方那座
黑色城堡，在风中扁瘪又鼓胀
产前与产后突起又消落的妊娠肚
那牛粪火在牛皮囊鼓吹里
烧得正旺，蓝烟的尾巴
最后挣扎一番，消迹于无形
永别了！妻儿与淌汗的河

第五部：解剖

你从白布筒里起身
俯伏在青草为褥的大地
赤条条，如临盆初来人世
天葬师，在你的头前植入
一根深入草原的木楔子
将你的头拴在上面，就像你
将你的牧马拴在树上石头上
归槽之马拴在马厩的栅栏
你浑身的肌肉，润滑了
所有的目光风光
一刀下去，解放你的手足
然后，他从容不迫地
从后脖子处切开一处口子
往上一拨，头皮剥下
像雕工，做着写意的笔触
像庖丁，精准地移动锋芒
让那把利刃，在你的背上
手上、腿上、臀上
做菱形的起舞
让人想起中原的田垄
南方的插下的秧田
涓涓之血，将土地最后一次肥沃
青铜色的肉块
就像这冬天的高大陆
充满诱惑、光泽
天地为之晕眩

第六部：鹰鹫

秩序井然的鹰鹫站在漫坡上
早已嗅到了血肉之香
不停地在原地拍打着翅膀
等待出场
一只雄鹰曾救起一位青年勇士升天
无数的鹰隼要救赎多少英灵
而勇士的后人舍肉身饲鹰
又是何等的无畏与无私
这是一种和谐共生的美景
是生态文明的强大佐证
内地貌似通天的烟囱
又怎么能将本源的东西狼吞虎咽干净

第七部：食尽

是不是响起了一声唿哨
鹰鹫们一拥而上
高调登场，在一阵骚动之后
它们的翅膀掩住了
囫囵的肉体
翅膀起处，一具骨架
闪亮亮相
第一个回合
大幕拉上

第八部：砸骨

他拾起那副骨架，好像
只剩一颗垂下的头颅
两条耷下的腿
两条胳膊已不见踪影
他将这副骨架
摆在那颗石头上
抡起斧子，用钝背敲碎天灵盖
敲碎肋骨腿骨
用斧刃剁碎骨块
和上酥油青稞面
让鹰鹫再一次腾起降落

让骨髓肥沃鹰鹫的天空

第九部：天堂

肉体的嬗变是飞翔
灵魂的涅槃才是凤凰
天梯窄而漫长
借助鹰的翱翔
天堂的门在高远的地方
到那里安享来生的福祉

天路漫长
你投影于大地又被抹去影子
天空反映你虔诚的眼睛
那张曾经沧桑的脸
随着鹰隼在天空盘旋
生，只是匆促一瞥，而
天堂，却可以永远醒目
或恒久长眠，可以随喜
自己的方式自己的选择

一切生命都被摧枯拉朽
一切生命又都卷土重来
造化之神，如何才能牵住
你那无所不在又无影无踪的手呢

你在鹰隼的腹里再生
鹰将你投胎于下一个轮回
因此，你是不朽的园丁
草原一岁一枯荣
天空因你而日新月异

第十部：天堂之后

蓝光闪烁，幽灵如狼狈
天锅倒扣
地炉以山腿支立
石头守护家园，比狗忠诚
无须与狗争宠献媚

太阳隐匿的下午
歌声潜形
经旗站在山坡上
经幡舞蹈在空中
它们也以五色的身段
向同一个方向疾奔
殇歌，亦婉转亦粗粝
悲切的是风
揪着它们撕扯

大学生诗群
POEM GROUP OF COLLEGE STUDENTS

陈万东　木西克　宋夜雨　梁沙
叶谖　马珺舫　秦帅　张毅　赵文君
闫慧飞　蒋佳成

陈 万　　　　　　　　CHEN WAN

　　1994年生于贵州绥阳。中国海洋大学学生。海鹰诗社成员。著有诗集《高处》。

高 处

可以这样界定：
你站在山顶，向山谷喊出一个人的名字
雪，就漫过来……

我想出这个句子时，雪，也正漫过来
如果风再小点儿，雪和盐巴再像点儿
那个地方，就是个，永远虚设的席位

显然，这终究不是我的冬，近视久了——
就山山相同，人人相似
遇到个薄衣之人，我就在她身上
虚设，所有的冷

想她会不会登上高处
也朝一片虚设之谷，喊一声
就将一场雪，还给了别人

抵 达

桌子上，一个杯子就那样空着
通过它我看到
对面高楼上，弯曲变形的栏杆
泛来金光。楼后树影斑驳
无名之鸟，能在飞行中，一下
凭空消失

如果，看再远一点，就是朦胧山影——
天地不清处
歪歪斜斜的人群里
仿佛有一个人，正在
走向我
仿佛，我明白
她是永远也找不到我的

我一下伸回了头
仿佛又明白，杯内杯外，空气并无差异
而为什么他们都只说杯子空
不说
世界空

发 疯

有些人想好好生活
却发了疯
有些人想发疯
却没有机会
这世界，就这样
这是旁边一个人说的
他在和谁打着电话
从我肩头蹭过去

我从那边来的
知道走廊的尽头
藏有一道窄窄的门
可以拐弯……

东 木　　　　　　　　DONG MU

　　本名杨万光。南京大学文学院汉语言文学专业2012级本科生。南京大学重唱诗社第十二任社长。作品散见于南京民刊。

火车与黄昏

暮色四合，穿过落日的眼
橘子树站满山坡
一千个屈原曾经诞生
并会选择同样的方式死于历史

江面上传回自己的嘶哑
以不可遏制的冲动
群山就扑面而来
桃花就注定难以盛开

没有了后悔的事，重复广播

少女经过昨天的重感冒
杜撰抒情的可能性
帝子降兮北渚，精卫溺于海洋

剥夺言辞的空间
过隧道感觉到黑暗
睡觉也不能代替的一切
猜想完成不了猜想
火车碾压黄昏遗失太阳

观鱼的方式

于噩梦惊醒之深处
得吞吐一生之意义
自由是可惜的
而遗忘是剪不断的决绝

枉然思考来而复去
沉浮之间数十年终如一日
看不到更远的天空了
便尽了一生织一匹紊乱的布

西克　　　　　　　XI KE

　　本名吴自祥，生于1991年6月，甘肃永川人。甘肃农业大学研究生。作品散见于《飞天》、《天津诗人》、《青海湖》、《诗江南》等。

木立成林

木立成林，林立成琴。旷野墨白
覆盖了零落的哲学。树也败了，枝叶稀疏。
跫迹飞鸟，吃肥了羽翼，跌入歧途。一幅画
能卖几个钱？众多的佛像能庇佑几家百姓？
树木沿着大地行走，何处流水潺潺？

大咒梵音

这一束虚无的光跑了很久，像一只缥缈的鹤。
而一切山川梵音从此学会了隐忍。
没有什么事物具体罗列在木柜之上，比如烛火和
　行僧
他们形骸抽象，胡须漫长，身披袈裟，虔诚作
　揖，忏悔一生。
包括山谷幽深的事物、咆哮的水牛、一粒种子的
　萌芽
包括肉体的疮疤、禅杖的斑驳和火星泯灭的香炉
也包括好色、私欲、王位……

敦煌地图

静坐于荒漠的一瓢湖水之上
千年春日，霸王万象。在编钟音色中
屋内侍女煮茶，屋外剑气杀人。你看见了
敦煌的后裔，一个杀鸡取卵的道士
卖掉了菩萨。去年入土时化作一塔
故乡山麓是脑的后海。黄沙漫天的春日
伯牙觅不得知音。在五谷杂粮的天穹里
饥寒而死——

释

蚂蚁在叫。一根稻谷
吹成穗，穗落在地上，地上蚂蚁扛起入冬的粮
　食。

从春风沐浴而出的女王，指挥部落，检阅巢穴
幽幽，悠悠，呦呦。效仿古画研磨，蜻蜓点水，
　一幅白描。

你可以驾驭骏马，掌舵凤凰；你可以曲觞流水，
　手摘晨星。
你也可以突破古人的极限，醉生梦死，才子风
　流。

当然，这一切源于一行出没于山野、愤世嫉俗、
　过于缥缈的诗。
汉语过盛；而慈悲为怀，才可以参禅论道。

路　客

冬至。中原人士修行凌波微步、乾坤大挪移

也有人觅禅。"少林没有禅，禅却在少林"
雪瓣落在河流中心的孤岛，岛上有一座桥，桥上
　的人叫作王维。
故有：王在散步。

一朵白云在雾气上方，上方的云。它不叫
筋斗云，也不拍哪个菩萨的马屁。
一个人行走于茱萸草林，比孤独更孤独的路客
不归家，亦不流亡。斧劈北方
逆流的黄水叫作兰州。

宋夜雨　　　　　　　　　SONG YE YU

　　1991年生，江苏泗洪人。南京师范大学本科生。诗歌作品散见于《滇池》等。

草　莓

一只草莓就足够照亮一生，足够
秋天的嘴唇下起一场雨
世上可爱的东西都不会说话
一尾鱼的眼睛下起了一场雪，白

来自于黑夜中欲言又止的羞涩
来自于茫茫人海中的异乡客
声音是一张白纸，经过嘴唇的修辞
也仅仅是变成女人尚未购买的短裙

像一片安定选择沉默，学会与修士打个照面
在清澈的指尖，等候美丽的果香来临
让天鹅独自迷醉。这就是一个人的酒杯
脚下的落叶告诉你什么是短暂

比如雁阵飞过此窗
而在天空与海水之间惟有一座桥
超度火舌中的黄连与我们的体温计
一只草莓把整个世界变成了一口一口的酸甜

第三封信

这一天

山坡上没有了阳光
第一封信中说
牧羊再也不把吃草当回事

信使嘱托我
像五月一样躺着
我会枕着刚刚
撕开信封的手

想象四月是否还是那样

世界上都是屋子、窗子
路途都被雨水荒废
窗子、该称它伟大
我会一次一次张望
在你梳妆、不再张望的时候

第二封信来得太迟
这一晚的月亮
在十四世纪的城堡里
那里有故事、有圣经

我醒来
第三封信没有邮戳
以为
日出还早

梁沙　　　　　　　　　　LIANG SHA

　　90后，贵州石阡人。铜仁职业技术学院信息工程学院2013级学生。作品散见于《山花》、《贵州日报》、《民族文学》、《诗选刊》等。

作茧自缚

一些事物在悄无声息地庞大
直到把人们包裹在里面
比如这个初冬的雨，阴阴冷冷持续了好几天
比如早已预谋的痛，翻来覆去

每一个女子都不同风格地开放
错落有致。一些人来了，一些人又走了
来来回回花香就成了传说

那些病变的种子在人们眼里生根发芽
穿透心脏
没有人会莫名其妙地疼痛
不相信你就拉开自己的皮囊看，看懂了再说话

时光里的恋人

空是说不出的。在你没有出现的时候
把花朵装进脚印里，每个人都有一朵花
我就把自己盛开

这天阳光明媚。你从远方回来
微笑着迷倒了时光

你看不见，我的城泛滥成灾
阳光的重量让那些绽放不得不凋零

人们说我落寞得如此繁华。有一场雪
寂静地落满山野
人们和你一样喜欢说我是灵性的

诗人的生命只有怜悯和爱情
和你看到的一样，我写下长短不一的诗句

在六月的暴雨里种下一粒种子
麦子成熟时向日葵笑着看风吹过
我的思念瘦成了影子。你来不来都还在

叶谖　YE XUAN

本名赖思彤，福建晋江人。南京大学文学院汉语言文学专业2012级本科生。

暮　秋

秋雨正落在陌生的城市
充满隐喻地。打湿
摊在膝上的书页，你看见
情绪开始行走出圆周
有些显现有些灭亡，默认。这
是一个意外，你诚挚地向空气解释

雨声变得拥挤
街上的车辆挥动雨刷向你致意，以熟悉的频率。
　你想象
生活的琐碎无关紧要，比如
捷运站旁的老人卖的是茉莉而非玉兰
比如那个穿风衣的男人吻过不少的
香烟滤嘴
比如仗着镜子发脾气的女人
比如浓雾涌起无需理由。你摆弄起
手中的巧合，精致而无聊

假装惊奇，然后打乱顺序
你津津有味地重新拼凑这一切，反正
这异乡的秋只能来一次并且
已经来过
（有一片枯叶为证）
此刻，夜色
正缓缓向你倾塌下来

海　潮

甚至灰蓝色冬雨也开始
瓜分不同的海域。
时针掉落湿地，声音圆润如同

夜色。
今天有五只船入港

鱼市依旧喧哗，发黄的
歌声抛来暗示：每一颗被过滤的
乡愁都不值得信任。
我拒绝温郁的冬

而我也并未想要任何雪，我只是
想抓住一些有标签的呼吸
这小岛让人茫然。它命令我
擦洗掉口音和地址

并不断重复
"我来自别处，那里的海没有
这种蓝"

某些空气因此
开始活跃。几乎压倒我。

月亮并不为此感到悲伤
既然正退潮

我决定去习惯这件事,
就像一朵云。夭折
自远方

匿名锦鲤

你企盼着这样一封
信：
　　小心折入灰蓝色
带尘土的雨点,粘些南方的雾
时间啜饮喧闹无意迸裂封口。就像
一把绿剪子正面穿过
你的脸,无数热带植物
汹涌而出

地址详尽。邮戳
陈旧如黄昏,黄昏
如你藏起的鳞
　　　窗玻璃的热气蒸发出来
打开信纸,记忆从天穹猛扑向你,
像一只瞄准猎物的鹰,或者
南京春寒

"每片叶子都将熄灭,
　风在发抖"
那时我拿起书,你小心捧着茶杯
我们正站在一个精致的
鸟笼里,仿佛是一种必然。正如

你所预知：
从今往后,每封信的投递都将
晚于一颗樱桃的红熟

马珺舫　　　MA JUN FANG

1995年生,江苏无锡人。南京师范大学文学院学生。

灰森林

微雨刚过的街道
灰色和潮湿的砖石
一只猫夜行将寐
慵懒而骄傲

一片灰色泛绿的森林
清新　诱惑　不失分寸
细碎的流沙
渗进心脏每条纹路
密密斜织成毯
温暖　不可察觉
仍不可或缺

天外几颗陌生的星辰
落在人间闪烁成浩瀚
只一眼　便带走我的归路

莎士比亚书店

疯子踩碎一地时间规律
没听说过抒情也有规则
于是他构成污染　有碍观瞻
忍受着尘埃的刑罚

封皮里　影子窃窃私语
陈年窖酒所剩无几
此地适合迷失　和遁世
当语言前来求乞
情感奄奄一息
老迈而沉默　这最终的救世主
我们残损的浪漫主义

一簇悲伤的树篱
有时可以是天堂

吹响草叶的人在书里死去
午夜钟响　凡间雨滴
淋湿情人美貌
看她去尘世的柳园
告诉了谁　人生和爱情的真理

一片绿荫发出意味深长的咳嗽
吹跑了尘埃和星星

秦帅　　　　　　　　QIN SHUAI

　　1996年生。中央财经大学学生。中国青年作家协会会员。

握砂女

凌晨会有窄窄的银光爬过缝隙么
她这么问道
不会有了，除非你睡在每一个子夜
敲敲打打
像个在黑色的布匹里缝缝补补
的那种女人
别人谈到你的时候会突然扭过头去
捂住口鼻，坐着，像是讨论禁忌

狱卒，岗哨之间有黑影
潜行而过，伊豆的海风吹
漫过哨声，带着腥味和咸味
远赴，现在倒好
还背着一个沉重的女人
隔着海滩的浪一出现
它们便打了个照面

午宴的茶盏

饶有兴致地从榻榻米上爬起
玩味地看着钟表
恰好把光折射在了落地窗下

像是谢了的老样子，倦了
便龟缩起来，门外才有出口

造访的人开始倍感亲切
走的时候一肚子脏兮兮的坏水
还不敢忘记，谄媚地
拉开门上的帘子
再关上，便和街上的尘埃一样

它们撑着芦苇叶
不会枯烂的那种，但是却忘记
在沸水里翻滚的
不只是不知死活的造访者
还有四肢发达的，满屋子
打靶的人

不　二

我一心孤注一掷，在没有周末的星期里面
反复抠弄推敲，努力让日历爱上我
或者让它自己坠入爱河
黄色的天吐出沙子
堆成一片丘陵，你从周一开始
就对着那片黄土
呓语，怒骂着
嫉恶如仇的样子让我想到了老房子里的狗
口水滴在一旁
后来就被送去防疫站，下落不明

你是有孤心的人，有
全部诚实的东西
塞在你满满当当的躯干里
坏的东西排出去，像秽物
我此时正在对窗看着你
看着你，从洗手间走向工作的
场所

张毅   ZHANG YI

华中师范大学文学院汉语言文学专业学生。

再一次写到植物

迎着大风走上了黄昏的山岗
大雪的压迫使我贴近了质朴的生活
村庄在一代人的眼中消瘦下去
冬天里的一棵树，一只蜷缩的鸟
亲近我们，和我们做一对同病相怜的兄弟
我曾经写到过树木的伟岸
麦子青青，成熟的玉米像乳房
挂满秋天丰满的身躯
当我再一次写到植物
意味着和冬天搬弄是非
高原突兀地没有一点隐私
仿佛我就是那棵树，那片麦田
仿佛我就是这些受伤的植物
在黄昏的山岗上放声痛哭
泪水把一代人越洗越小
小成一株谦卑的麦子

小时代

让我们各自为敌吧
春天过去了，你迅速地占据了她的位置
不饮酒，也不唱赞歌
我顶着高温写诗
体内却阴风怒号
这风是你给我的
它有七情六欲
正常人被吹散了，手摸不到脚的位置
我讨厌这些作恶多端的阴风
它吹出了一代人的佝偻症

车过长江

深秋从枝头落下来时

我终于明白了苹果由绿变红
怎样把群山一样的褶皱隐藏起来
我们在时间的褶皱里打盹
吸烟、喝酒、说风凉话
随口吐出能伤人至深的词汇
这些与我乘同一辆车的人
肯定没有带着危险品上车。他们
面容安详，从容地应对迎面而来的
小汽车，艾滋病和瓦斯爆炸
我也顺从了体内认贼作父的怪胎
解下随身携带的匕首
扔出窗外。现在，我不再需要一把刀
也不需要一个防毒面具
日子并非难于应付
现在我可以安详地坐在靠窗的位置
拥抱江汉平原的大雨压境

赵文君　　ZHAO WEN JUN

笔名文若。陕西科技大学学生。

爱过的人都像你

爱过的人都像你
可不是你
群山如烟，堆积你的蛾眉

没有不动声色的风景
也没有不流泪的眼睛
我曾爱过你，不自量力

一个吻，抑或一个拥抱
水会燃烧
黑夜有黑夜的正大光明
白昼有白昼的不可告人
愿爱过的人，殊途同归

路过全世界
我爱过的人都像你
时光的玫瑰，落满河畔
在风起时，我失去了一生的语言

秋天的诗

落叶是秋天的诗
谁也不必去写
少女的身体和秋天一样好看
枝头垂下的果实
成熟，饱满

低头饮酒
不如坐在河流上与大地交谈
在从前
我们会写比远方更远的信
太阳起床晚
落得也慢
云朵不相往来
流泪的人，害怕思念

谁写下秋天的诗
自讨苦吃
群山的怀抱自有夕阳
孤独者举起双手，弃笔投降
生命是一棵树
爱情像一场风
可这落叶什么也不像

闫慧飞　　YAN HUI FEI

笔名靖玄，1996年生。郑州大学建筑学院一年级学生。

水的倒影是画

而当我们缩小
走向细部
每一缕色彩的变化
都折射着孤独

我比你们想象的柔弱
夜里也会泛起相思
就像行驶的小小船只

夜 晚

一座没有人的城市
夜晚
他寂静的边缘

天空
没有群星没有眼
此刻　黑暗是
不知所向的冰凉

一条没有光的街道
没有狗叫
没有任何东西会带来惊扰

她在床上安眠
喜悦
另一座城市的火焰

蒋佳成　　　JIANG JIA CHENG

四川南充人。华中师范大学公共管理学院2015级学生。

进 化

向下看的时候
一颗花生
就这么被我发现。
趁着那具尚有弧度的肉身
它拼命地

滚动、停顿、再滚动
它模仿起人类
早已进化完全的步伐
跟着我一同
下楼、转身、再下楼
突然地，它竟企图着
学会双脚站立
那种心情是如此的急切
与远祖的理想
必定是如此地接近

散 步

散步到小路的时候，两边缺乏树木
天空显得矮了一些
云再也找不到停靠的理由

玉兰的花瓣，裸露赤身
纷纷落落的春天
路越走越窄。你我倒是心境开阔

走路是切忌摔跤的
一个跌倒，牵手的逻辑就证明完全

我宁愿牵手的原因是神圣的
毕竟你的身体从我的血肉而来
呼吸停顿，手间才有了凹陷和突起

契合着，我们走到岔路口
又是一次罪恶的选择，你我意见不定
各自平衡着两个方向的力

两个处子相互吸引过后，第一次学着
小心翼翼，相互拉扯。

中国诗选
CHINESE POEMS

叶延滨　池　莉　沉　河　剑　男　阿　毛　张泽雄
毛　子　江　雪　向天笑

叶延滨新作选 〔11首选2〕

叶延滨

爱情是里尔克的豹

爱情是动作迅疾的事件
像风,迎面扑来的风
像鹰,发现目标敛翅的鹰
像闪电,你刚发现了又隐没的闪电
从此,一切
都不再和以前一样了

爱情是里尔克的豹
在铁栅那边走啊走啊
而你隔着铁栅
望着那豹发着绿光的眼睛说
等待,还是死亡

爱情是大树
是橡树和青枫
所有枝条都交错的天空
是树下的小花
花儿正初绽露水中的花蕾
是花边的小草
草丛中有一处坟茔
是坟茔里两个人安静地躺着

两个人都在回忆
头一次约会的那个晚上
躺在草丛里
数着满天星……

在冬宫看护油画的女人

在金碧辉煌的宫殿一角
看护油画的胖胖的女馆员呼吸着
皇宫高贵的气息
和这些世界名画里的美人儿
提香的美人、卢本斯的美人
戈雅的美人、拉斐尔的美人
一样呼吸着啊

油画里的美人还是那么迷人
那弹性的皮肤包裹着青春
那皮肤下的血管涌动着欲望
一百年不变三百年不老
啊,在我惊喜而忘情的伫立处
沙皇也呆立?列宁也驻足?
斯大林也温情?普京也惊回首……

都是过客,缓缓过客也罢
匆匆过客也罢,正在过的过客也罢
像我,把人生一串脚印留在画前
一回头,却永无踪影——
过客们走过啊,什么都没留下
只留下这些曾经苏联的娜塔莎
苏联的曾经青春迷人的娜塔莎

和名画上的美人一样呼吸
冬宫里高雅而名贵的气息
温习曾有过的青春,青春不再
梦想曾有过的美丽,美丽不再
啊呀,这些胖胖的女馆员从哪儿来的?
从苏联来的小姑娘们忘记了
返回青春车站的车票……

原载《上海文学》2016年4月号

叶延滨的诗 〔6首选2〕

叶延滨

想和天空一样蓝

我要和天空一样蓝
一滴水望着天,突发奇想对自己说
——这是杯子中的一滴水
杯子放在窗台上,窗外天蓝蓝

杯子对水滴说,蓝天有什么好呢?
你是水中贵族,高级饮料
都市豪宅区的成员

高级水晶杯是你的新居

有多少这样的小水滴
都说这样的梦话——
"我要和天空一样蓝"
最后,都变成了名贵的咖啡
或者高雅的绿茶……

水晶杯是所有水滴的新居
也是所有水滴的新教员
小水滴望着天空顽强地想
——我要和天空一样蓝
耳朵里却一遍遍地响着
变茶水,还是变咖啡?

天蓝蓝,天空沉默
那些有梦的小水滴在天上
蓝蓝的天上白云飘……
变成名贵茶水和咖啡的小水滴们
下一位老师等着告诉它们
正确面对下水道的长夜……

延伸的命运

所有的道路的宿命是伸向远方
是去寻找另一条道路
而走在道路上的人把自己的祈祷
藏在下一个或者再下一个拐角

所有的树枝向着天空延伸
都是努力逃离扯住它们的那一笼树根
从树叶上落下的叶片像逃学孩子
围聚一起写检讨,树根慈祥如老师

所有的影子在城市的光雾中延伸
延伸而弥漫的影子丢失了自己
只有在梦里,影子才转身牵着那个人
回到那有花有草还有影子的故乡

原载《扬子江诗刊》2016年第2期

不要哭,生活放下了欺骗
〔组诗7首选2〕

叶延滨

走着走着

就那么像过去了的每一天
走着走着,走在身边的朋友
就变成呆立的树,随风摇动的草
变成不会说话的石头
哇的叫一声远飞的灰鸦
每少一个就让我停下步子
四处张望一下
四周依旧一切照常

还走吗?走啊,前面还有树
还有一大片一大片的草地
还有不说话的石头和飞行的鸦群
他们还会是我的朋友
他们会被我的脚步声唤醒
那怕小是小了点
那怕丑是丑了点

我放心地走着
因为影子忠实,跟着我
因为灵魂忠实,不弃我

灵魂像秋天的落叶

高贵而富有的钱币,印着伟人头像
引来无数污秽的手指揉搓
最后打捆、粉碎、压成一方方
坚硬的燃料投进炉火
财富最后的出口,一抹青烟

骄傲而优雅的书籍,印诗句和语录
逃不过收荒匠用改装过的秤
收纳入编织袋,送进打浆机
漂白,压制一卷卷卫生纸

文明的下一个支流，马桶下水道

在财富和诗篇之间
在炉火与下水道之外
渴求自由的灵魂是秋风驱赶的落叶
每一片落叶都无名
都贫困，都老炮儿，枯瘦如中东的难民

在秋风放肆的牧羊鞭挥动间隙
落叶是秋季牧场上的羊群
悄悄地啃食如金子一般铺落大地的阳光
比财富更富有的原来是阳光
比诗篇更美妙的也还是阳光

原载《星星》2016年3月号

池莉的诗 〔组诗选七〕
池 莉

裹上绫罗绸缎

第一根白发长出来了
天边因此也生出一缕新月

是时候该整理一下夜空和情怀
先把月芽移放在柳树梢头再说

爱人或许不在身边
情歌总在

婚姻或许不在身边
孩子总在

战争或许不在身边
危险总在

循着江水把心思流得又凉又滑又长
今宵无别，真的

抚摸或许不在身边
丝绸总在

抖开樟木箱深藏的绫罗绸缎
投入一个完全彻底裸体

循着江水把心思流得又凉又滑又长
今宵无别，真的

静静倚窗
真的望月真的吟诗真的凝固

病中吟

总是有被伏击的时候
总是有被伏击的原因
生病总是必然的
原罪总会被提醒

闭上眼睛吧
躺下
认罪
说：我顺从
地球

我顺从地球
我与宇宙以及所有天体一起
只做圆周运动
顶天立地
的确
太尖锐了

你这食物链顶端的掠食者
你这紧紧盯住猎物的掠食者圆形瞳孔
再给你一个机会眯缝眼睛
请站在马或者羚羊狭长瞳孔的立场上
忏悔
进入苦痛
进入忍耐
进入宽容
进入自愈

荒原与沃土

在这片杂草丛生的大地上

我的狙击手
无论你披挂多少伪装
你都更像庄稼

但，我决定没有发现这一点
我还决定
一如既往　采摘
无中生有的蘑菇

开枪吧　当然
狙击手当然会不失时机开枪
而我所躺之处　血流成河
荒原应声变成沃土

针线活

当线穿过针
当针尖插入
想插入的

噢此时此刻
这世界上还有什么其他的适得其所
超过
这份适得其所

——窗前光线正好
远方正在远方
黑洞无论孔径
大小
都是同样质地
为心情带来的
都是
史前不曾有过的宁静

哑口无言
永垂不朽

我佛慈悲

当我伸出指头
接住我儿
人生之初那颗不喜不悲的泪珠

送到唇边
一辈子的滋味　够了

以恒河沙数的沙等恒河
计量慈悲
慈悲也还是远远超过
恒河沙数的沙等恒河
可是善的种子
只有一粒
也只有
在自己一个人心田首先发芽
才能够得见慈悲

由太阳唤醒
由月亮催眠
不由其他
被光充满
被暗收藏
不被其他
渡过河流
舍弃木筏
法且不住　何况非法

当初已够，拥有了那颗不喜不悲的泪珠
亲情从此不再失散
再也无须焦虑地到处张贴
寻人启事

原本已够，随四季耕种与收割
田野上的一无所有
此生此世的一无所有的一无所有
竟陆续归来

爱与诗句

大约总是这样
爱只能负责"爱"这个字
不能负责爱的能力
也不能负责另外一个词：相爱

是不是所有的世界大战
最深层次的心理原因
都微小得

难以启齿
都像我一样

我与我的诗句之间
试图表达的
只能够——
让老师罚我面壁千次回家再抄写万次

爱诗一辈子，但
一辈子写出来的诗句
为数戋戋

其中还有一部分青春期烂诗
恐怕永远减不掉可怕的婴儿肥
还有一部分性情乖张
还有一部分语无伦次
剩下的
那些
又像热恋中的公螳螂
欢爱正浓，已遭腰斩

罂粟之罪

人生总是又短又苦
航班延误总是又长又烦
马桶修理工总是迟迟不到
和公平正义一样
总是路上塞车了

苏格拉底总是被判死刑以后
两千多年来大家都说他是好人
耶稣总是被钉上十字架以后
开始代表上帝
释迦牟尼总是五百年被人说好
五百年又被人说不好
孔子倡导"己所不欲勿施于人"
还有比这八个字更完美的举措吗
问题是：
人人都在等待人人先做起来
公平正义总是这样
迟到了又迟到
而公路高速公路立交桥
修得又快又长又绕

罂粟最是有趣

一朵精美的小花而已
什么哲学都不曾宣扬
还是惨遭全球性围剿
无所谓了，亲爱的
不定哪个时候
你想要
一口甜美的麻醉
拯救
记住　我在

总在
就是
罂粟之罪
其与众不同
其又总是那么大众

原载《上海文学》2015年第12期

致——〔外一首〕

沈　河

请不要相信任何新鲜的东西
多少个时代都是这样
所谓灵魂只是灵魂的回忆而已
诞生或者死亡，您说呢
它好像大海的波涛
一浪推着一浪，生命曾经
闪耀着光辉，现在它又沁入
黑暗。谁在哀婉，是谁在哀婉
时代之性质已经转变

思想者

在这个世上，凡思想者都孤独地
思想，像新芽露出了土地各不纠缠
它看到了自己，是时间的一粒
在它出生之前没有生
在它死之后没有死亡
走在灯火辉煌的街道，在风中
人影黯淡，隐蔽着，显露着
我想起，一个著名的老人
他从北方到达了南方

描述一株春末的棉花〔外二首〕
剑 男

我想描述一株棉花，它开乳白色花
后来像深红的蔷薇，像一个小女孩羞红了脸
我想描述花朵凋谢后它身上暗暗结出的
棉桃，挺拔向上，从不曾下坠
像一个少女怀揣青春的心事
春末夏初，化不开的浓绿铺满田野
只有棉桃似乎要撑破这件未曾脱下的春衫
这漫出来的部分，多么美好

理想主义的柿子

一个人遇到少年时的理想
像一只孤独的柿子挂在枝头
心有不甘，却没有了胃口
从窗内望向窗外，有天空的反光
但看不到蓝天，他相信
有一只眼，在窥伺庸碌的人世
但他却惧怕一切隐身的东西
包括理想这只躲不开的
在他体内填硝埋毒的手
像无情时光拎着的这只柿子
翻下枝头就不知身在何处
像艰难的人生熬到中年，只能
这样抱残守缺，作为祭品
供奉着那些连上帝也不相信的东西

吻

像锯齿植物轻轻划开肌肤
唇的血丝，甜蜜大于疼痛，高过
缄默的风信子，颤动的身子仍含着苞
如果说此刻的你如同一只迷失自我的蜂
怀着甜蜜，却伸着长长的毒针，我
宁愿就这样被扎疼，饮尽这一盅甜蜜的毒饮
像春天倒出的麻沸散，鸟雀醉在花丛
青藤再一次抱紧怀中的乔木，那么重，那么轻

我喜欢万物这样相互的启迪，就像
一个深渊里的溺水者，在沉潜中抱着
一颗深水炸弹，这隐秘、冒险的快
乐封住了我的嘴，让我一次次死去，又一次次
　重生

剪〔外一首〕
阿 毛

她一直在做的：给鲜花除草，
给句子除词。

顺带剪掉枯枝败叶，
删除形容词、情景句，

甚或剪掉某些章节，和生养它的
旧日子，但她

剪不掉旧日子的黑白，
和弥漫的眷念；

剪不掉句子中的梁祝，
和彩蝶满天。

剪不掉内心中的荒原，和
荒原里的风声。

磨刀霍霍，喘气吁吁，
头发洒落一地——

几缕成为鲜花，几缕成为利剪；
不断地剪除，不断地绵延……

她有花香和隐忧，
我有佳文和剧痛。

一代人的集体转向

以前
爱一个人
可以放下尊严，为他去死；

以前
可以倾尽世间的白雪
仅为他成为最英俊的王子；

以前
可以铺张一千零一吨白纸
写满黑字，仅为他住在那里……

现在，我们只想：
好好爱自己、爱亲人
茶余饭后再爱一下全人类

黑皮手套 〔外一首〕

张泽雄

身体的每一件饰物，都有它的归属
——这双黑皮手套
黑暗褪尽。慢慢降下来的体温
妄想，和风中奔跑的事物
最后把影子摔在地上。冬天过完了
她的手抽走、泄漏；她的气味
和身体一起消失。像我再次离开
我们掏空了黑暗，还想
把昨晚的夜色停在指尖……松开
被剩下的日子，还可以
用一只手的形状，从身体的外面
与你厮守

枯荷塘

水墨折断。一张纸的力度
正在失去支点。河流淤积在平原一隅
众多弯曲，在等挖藕的人
瓦屋上的喜鹊、老鸹和树丫上的巢
与一个游子的宿命，被一锹淤泥覆盖、阻止
一幅画漏掉的空白。一个枯萎的荷塘
我们的争论在它最空洞的部分
在七孔与九孔之间。它言词恍惚、确凿——
我从唐诗里挖到勃莱的一个深度意象
它将整个平原省略、隐藏

安排之诗 〔外一首〕

毛 子

有些河流是清澈的，有些河流
是浑浊的
它们都没有错。

有些风往南吹，有些风往北吹
有些风往心里吹。
它们都没有错。

有些为飞禽，有些为走兽，有些为草木
它们都没有错。

有些在太阳系，有些在银河系，有些在河外星
  系。
它们都没有错。

——"万有之间，有一个稳定的常数。"
爱因斯坦对宇宙说的话
此刻我对诗歌说。

来自厨房里的教诲

厨房里也有伟大的教导
——那是年迈的母亲在洗碗
她专注、投入。
既不拔高，也不贬损自己日常的辛苦。

写作也是一种洗刷
——在羞耻中洗尽耻辱。

可母亲举起皲裂的双手说：
我无法把自己清洗得清白无辜。

是的，母亲是对的。
是的，厨房是对的。

是的，在耻辱中
把自己清洗得清白无辜

是另外的耻辱。

木鱼镇 〔外一首〕

江 雪

1

入秋的风，吹皱它的裙裾
这种意象随处可见，但不俗气
而昨夜，我居然把这意象带入梦中
裙裾被山风吹得老高
露出黑森林
一切没有降临，驴头狼没有出现
香溪的夜依旧平静
令人糟糕的，我在梦里
错误地指认了一个
节日，人类的，并让它提前到来。

抚摸一块石头，口袋
装着菩提果，仿佛这秋天
虔诚，冰凉，波及群山的怀抱
今夜，我试图做一个
阅读自然的人，让它们教会我
认识那些神秘的事物，认识天坛神话
包括每一个木鱼镇的人
怀揣一株淫羊藿，一只竹鼠
一部史记：无野考。

今夜，时间静于一潭水中
而瀑布的仪式，在于
在黑暗中遮蔽内心的坚硬与柔软
獐麂的叫喊，早已消失在时间之外
亦如神农，摘下越橘
医治生死，剥下豹皮
秘制文明与羞耻的脸谱。

2

官门山就在眼前，一朵巨大的白云
穿过它的腰部，仿佛卸掉
它的绶带，任凭红桦林裸露

岩蕨的碧落
守护唐松木的摇曳多姿。

为表达对流水的爱，我把
香溪的一块石头
搬回千里之外的案台，让它
砥压我
轻浮多年的诗句。

3

一天深夜，我与神农耕者进行
交谈。我们谈到了
婚姻、爱情、动物、植物
谈到他的亚热带女人
包括十八年前
我在神农架的历险记忆
包括两位诗人，在神农顶上的痛哭
包括汉语的冰凉
他们醉后打架、骂街
或许，那只是一个时代恍惚了一下
他们清醒过后，在山顶上
滚下一块巨石。

草叶颂

一个人卑微的时候，亦如草芥
他的沉重、沉默，在无边无际的绿面前
变得不堪一击。它的渺小
让人类显得更加渺小，更加卑微
它的纯粹而执着，安静的意志
征服我，影响我
那草叶的歌谣，自由的风声
让我梦想，把包袱埋在松树下
在黑暗降临前，继续赶路
饥饿时，我可以咀嚼着草叶
故乡的草叶，让人怀想素朴的恬静与爱
在沉醉中聆听半岛寺的钟声

陪父亲回家 〔外一首〕

向天笑

以前，陪父亲回家
总是让他老人家坐在副驾上
这一次，我坐在副驾上
他躺在担架上

以前，从来不告诉他地名、路名
他自己知道的，都会告诉孙子的
这一次，他再也看不见路了
只有我坐在前面告诉他

上车了，出医院了
到杭州路了，快到团城山了
过肖铺了，快到老下陆了
新下陆到了，快到铁山了

沿途，就这样不断地告诉父亲
让他坚持住，祈祷他能坚持到家
铁山过了，快到还地桥了
过工业园了，排形地到了

矿山庙到了，张仕秦到了
马石立到了，车子拐弯了
教堂到了，向家三房到了
向家上屋到了，严家坝到了

沿途的地名越来越细
离老家也越来越近
前湖肖家到了、吴道士到了
后里垴到了，快到家了

车到屋旁的山坡上
大父亲九岁的二伯
坐在小板凳上等他
我也告诉了父亲

救护车以二十元钱一公里的价钱
一路奔驰，只花了四十八分钟
一分一秒，都让我提心吊胆
幸好父亲很坚强，坚持到家了

低 谷

爬山，爬了大半生
也没有到达山顶

有人在半途为我设置绊脚石
有人在顶点的边缘
将我推下悬崖
勒马，早已来不及了
没有死于非命已是万幸

我走在低低的山谷里
谛听高高山顶飘下的欢声笑语
哪怕独自泪流成溪也坦然流淌
不带一丝浑浊

叶落着，花落着，草枯着
但我的情绪似乎并不低落
其实每处低谷，都有隐秘的风光
别人何曾看见苍凉深处的繁华呢

以上选自《芳草》2016年第1期

爱情诗页
LOVE POETRY PAGE

我喜欢你是寂静的（外二首）/ 秋若尘
时间的欢喜（外一首）/ 红布条儿
心上秋（外二首）/ 木隶南

我喜欢你是寂静的 （外二首）

□秋若尘

整个晚上，流水声不断
风吹着
旷野上露水低垂

我身陷陌生的曲子和惆怅
我知道它美
苍白
身有重疾
但实际上我并不懂它

到了中年，才仅仅学会与人握手，对话
表达对所见事物的喜爱

我只是喜欢一个人呆着
避开水
和不明的飞行物

在夜晚，我容易成为玻璃的器皿

搁 置

亲爱的，我看到那个人又走来了
黄昏聚满了乌云
他向我走来

很多人在喊
风在喊
路灯在喊
牙齿松动的树
也在喊

他从一片湖水里穿过去，湖水是凉的
十二月的钟声还未敲响

而此时，我正衰老，正蜕去人形
正成为他喜欢的草
和卷心菜

而灯火微醺，西风凋零，松木香从人间滴落。

夜行记

天依旧是冷的
鸟雀们抱紧枯枝
远山更远
草色略比去年此时来得深些
除了我之外，空气中全是腐朽的气息
事实上，我也是腐朽的
昨天之前，尚不知人间春色，我的同伴们全被
羁押于唐朝
那些占卜的、说书的比比皆是
干尸们也比比皆是

在夜里，我褪下十二张面孔
没有一张是你的

亲爱的
我至今叫不出那些草籽儿的名字
风吹动山谷
风将我吹得噼啪作响

时间的欢喜

(外一首)

□ 红布条儿

你说他看见树的欢喜,只有他。车过崎岖山路,只有他看见树的欢喜
后来你在看见我的时候你看见了喜鹊的欢喜。

车还过崎岖的山路。
你的笑容掉落入泥土里,白玉兰花也掉落入泥土里。你说落花可食
食落花的人更护花。大地食落花
春天是大地食落花之后长出来最繁茂的欢喜。

我们也长成两朵欢喜。两朵落地发芽的欢喜
两朵躺在土壤里亲吻的欢喜。因欢喜而悲痛,因悲痛而欢喜满怀
昏黄的曙光懂得从此以后我们将从二还一
这是时间的法则。

时间苍老,我们就可以苍老。时间不老,我们就可以不老

秘密是我们要安坐于此。
秘密是遇上山崩地裂我们也要安坐于此。

这一次种豆得豆,种瓜得瓜

这一次,天空亲吻着云朵。
你眷恋的那个人可以永远都不用醒来

这一次,心兵不起。你可以放心地将爱情留给大地

这一次,种豆得豆,种瓜得瓜。你可以什么都不种
你可以将毕生送给红花和绿叶。可以偷懒偷闲,可以陪着高山流水晒太阳
你可以在阳光里打盹。
可以慢慢地陪着地球绕着太阳旋转

现在,你转入冰天雪地里。你的身边躺满打呼噜的人
雪覆盖不了一次睡眠

豆吱呀吱呀地爬
瓜扑腾扑腾地冒出头来,接着睁开眼睛,接着张开了嘴巴

心上秋

(外二首)

□木隶南

我在书页中寻你
你是一个漂亮句子,隐埋很深
我只能读,但抠不下来
人生多情的字典里
我想查找到"心"的写法
我知道它鲜红,会蟾蜍一样跳动
不过我写不出——
请原谅,我是个无心之人
卑劣到近乎可憎

那么,你还会不会愿意覆盖我
像悲伤覆盖昨天
雁群是从北到南,被你射来射去的箭
雏菊色子一样,还旋转在露水底部
而我该把你放哪儿呢
油黑发亮的屋瓦上? 不
扎伤过草人的稻田? 不妥
——我只能用一个比喻接住你

让我们成为隶属一朵花的香气和蝴蝶吧
我们可以相互欣赏到死
也可以,毫无关联

爱的音符

枝蔓一样柔软的床上,躺着
被春风,比喻成蜻蜓的
我们

你把身体弯成一根叶脉,闪闪发亮
——我不记得你纤细的妆容,有没有颤动

我们在共同等待一颗石子丢出——
像打开一张唱片,以湖水
命名

涟漪循环往复。你的忧伤在我的复眼里
被无限叠加

那时,整树的叶子
都在拨弄流水的琴弦。像一颗颗心
不懂得安分

那时,你什么也没有说——
那时,我落在最高的一个音符上,什么
也没有问

吾爱如斯

你是鱼。我的爱
是琥珀色的海
你愿不愿意,用你翩跹的长裙作鳍
去掀起那一片
等待回还的蔚蓝

你是旗子。而我的爱
是漫卷晴空的西风
你愿不愿意舒展一角褶痕
擦去天边
一朵云霞的着枳

许你是夏日郊野幽静的庭院
我的爱啊,是阴翳掩映下寻访的眼睛
你愿不愿意在花叶中折叠一条小径
来引领那一瞥
险些迷途的光明

哦,不。你就是你,我的爱是爱本身
无论你愿意与否
都无法阻止,我们隐瞒心底
此生,注定的相逢

散文诗章
PROSE PSALMS

光与影的每个表情　　　　　　　　　　海叶

光与影的每个表情

□ 海 叶

1

那些阳光，仿佛全被袅娜的书香洗亮！

寒冬，蓦然间显得格外温暖。泊在阳光里的白墙与黑瓦，回廊与木窗，在诗人眼里皆是光与影的静默，皆是情怀的内敛！

或许，千年前的一缕光或一片叶，就定格了光阴的模样。

此刻，我只能静静仰望，所能缅怀的，并不是那些渐行渐远的伟岸背影，而是刚穿越庭院的那一缕微风。

2

这一汪被时光环抱的水，被几朵残荷泄露了心境。

溅在树叶上的阳光，又滑落到水面，将倒影里的微澜，小心翼翼打开又揉皱，揉皱又打开。满亭的空闲，被几根石柱撑起。那个留有我体温的石墩，此刻正被人占据。

站在记忆之外，打开记忆，退后三步，回眸来路。岁月依旧静好。

只用黑白虚实生活。纵使带不走半片落叶，这样也罢。

3

翘檐，突然朝天空撒一张网，想打捞些什么呢？

天蓝得那样干净，酷似婴儿的目光。

天空下，一个漫游者，携带着自己的影子，在明亮的阳光里驻足。当喧嚣厌倦了喧嚣，一分静谧就能让呼吸无比酣畅！

在湛蓝的梦里，这一定是我架在大地与天宇之间的心弦，被风弹奏的旋律，已漂泊到银河的对岸。

4

一只倾倒的素瓶，终于找到了自己最惬意的姿势。葡萄的枝柯，让世间万物在喧闹中安静下来。

如果有一束光，来自生命深处的爱抚，我将会在黑夜来临之前，交出自己全部的阴影。

可光阴都竖排在竹简上，让一切貌似坚固的东西都烟消云散了。一朵干枯的小花，就是坍塌的废墟之上的旗帜，让我看清了此生的坚守。

看清了，隐在时光背后那虚空又无比真实的大海！

5

一池碧水，在阳光里显得比我还呆头呆脑。

记忆，是抓不住的光，握紧了就会变暗。

编钟的余音，仿佛还在水面跳荡。几棵树的倒影，在水中同时咬住了石头的寂静。

一片漂浮的叶子，恍惚间就遮盖了一尾小鱼。

水里的天空，虚实有韵、明暗有致。我的注目，似乎显得多余。

此时，我应退避三舍，无需借一丝波澜，去安抚余生……

6

疏忽的树枝，在光阴里悄然伸出了柔软的触

须。

一本打开的诗集，空白着我的空，静谧着你的静。在寂寂暮夜，我又该如何说出自己的形单影只？

秋日之约，在隆冬被芭蕾的足尖一点而蹴。薄薄的阳光，浅浅的江流，漫漫的思绪，就是我写下的诗行。

透过文字的微光，再漫长的夜，此刻也敌不过你的一声喟叹！

7

此刻，我的使命，就是将暗香送还花朵，将影子投入它的光明。

此刻，属于我的幸福，就是拾掇起光影的碎片，再用这些碎片去建造一个独属自己的世界。

这宁静的美，无意间冷却了我炙烫的心。作为一个倾听者，我终于在声音之外，开拓了一片新的疆域。

当我和光一起奔跑时，在大自然的怀抱里，孤独和灵魂也变柔软了。

8

光与影的每一个时辰，仿佛都会出现奇迹。新年的第一天，这片小树林，因涂满了崭新的阳光，而显得更加安静明亮。

我漫步在树荫下，而新年的阳光倾泻在我的头上，仿佛一双双小手将昔日的忧闷扫尽。

一棵树和一丛青草之间的距离，就是我等待的距离。当我到达，当我尽情沐浴着爱与暖时，一定同时也将它们赋予了你！

因为，你正走过的每一道河湾，掬起的每一滴水，都跳跃着阳光和幸福的碎影。

9

静夜，挽起一缕风和一盏灯。我在灯影里细数着光阴，朦胧的过往也开始变得透彻。

身陷人海，其实每个人都是一座孤岛。那些来历不明的巨轮或豪艇，都值得警惕。

当我决定乘一叶扁舟离开时，一定是黎明或春天就要来了。我携带的每一颗种子，都要让其找到扎根、绽芽、开花的快乐！

你用光与影虚拟的场景，往往比真实更真。纵使给我的是一座孤岛，我的驻守或离开，都显得无关紧要了。

因为，在尘世间我总能安于自己所有的境遇。

10

坐在浮尘的光影里，一切恍若隔世。

我是一个怀旧的人。一卷书，一片落叶，甚至一张纸的残片，都不舍丢弃。

薄薄的星光，给夜色涂上了一层釉。那徐徐散发的气息，有一丝不安，但更多的是生命的密语。

灵魂的颜色，突然被定格。我必须用一块透明的玻璃，切开自己的梦境，将草叶和寂静安放。

这个失眠的午夜，注定会有某些物事，深藏梵音，立于时间之上。

而我，则注定会被一缕光牵引，蹑足走来，俯首或站立，所倚靠的皆是一句战栗的诗。

11

此刻，我看到的这只鸟笼，假如悬得更高些，离我更远些，就是我昨夜梦的场景了。

昨夜的梦里，有一只鸟掠过。它的鸣叫，划破黎明的天际，最后也消逝在那里。

曾经，我多次登上山巅，仿佛一伸手，就可采撷云海里的某一朵。仿佛张开怀抱，就可以拥抱东升的旭日。

黎明前，谁低低吹响了风笛？从此刻开始，我爱上了空和远，爱上了虚无的美以及无法描摹的怅惘。

12

举着一豆昏灯，去约见漫天星光吧。我的想法，只大于零，略小于一。

窗外，夜色酽稠。彼此的面容，隐在横斜的疏影里，默契着夜色的默契，连张狂的枝枝叶叶，也屏住了呼吸。

我微微张开的唇，还没来得及闭合，一粒光的子弹，就命中了我的软肋。

这是一场突如其来的博弈。光的矛，欲刺破影的盾，而影子布下的网，欲阻挡光的偷袭。

窗外的夜，一直醒着。黑夜催生的故事呵，都被闪烁其词的灯影遮着掩着。

其实，没有一个影子，能打败另一个影子。也没有一束光，可安慰另一束光。

13

生活的虬枝，似乎比光阴还绵长。再喧嚣的灵魂，在此刻也必须噤声。

那些呈规则的框架，似乎要僵化生活的轨迹。一缕微光，试图要打破这样的场景，不肯轻易就范。

隔着一堵玻璃墙，摆出与生活对话的姿态，生命往往比玻璃更脆弱。前路那么漫长，偶尔的停歇，则显得意味深长。

曾经的美好，已比影子更加虚无。

只有悬着的空巢，在昭示守望是惟一触手可及的存在。

14

这斑驳的光影，构成了一个谜面。当每片叶子呈现飞翔的姿势，我就是那个在不断练习成长的孩子。

再离奇的故事，也无需时光去揭开谜底。一次次凌空而蹈，就等于在向苍穹请安。

朦胧的背景，写满了神秘和沧桑。那些久远的印痕，或浓或淡、或轻或重，都被生命的枝蔓轻拥入怀。

当我再次被一个怀旧的念头喊住时，是褪色的光，意外地将身后的荒凉全部覆盖。

也许，生命不断改写的高度，都被风声收藏了。残留在时空里的歌吟，唱出的仍旧是一曲《广寒枝》。

15

月光起伏，夜幕低垂。一片落叶栖息于大地之腹，有着坠落的美，更接近爱的神灵。

月色爬过皱褶，空白覆盖了尘嚣。

忽然之间，我又看见有光穿过，有暗影在撤退。

落叶静谧。时间无动于衷，而孤独在蔓延。更远处的凹地，正缓缓被黑暗填充。夜鸟的叫声，刺破浩荡的寂静，坠入不可言说的境地。

有细碎的风走过，似一只蜗牛，优雅中带着一丝恍惚，漂白了蓝色的旧梦……

16

惟有瓷的纯净，才可分享我心底一尘不染的清泉。

曾牧云覆雨的一管狼毫，静默在烛光里，早被岁月磨秃了锐气。烛焰的一声咳嗽，似乎顷刻就能熄灭我的抒情。

阳光远遁，草木皆褪去了外表的光鲜，凸显光阴的骨骼。记忆深处，风霜的韵脚，一直大于梦里的初雪。

月色干净，如纯棉的微笑。一路踏歌而来的情愫，都写进花蕾初绽的惊颤里了。

这深情的对视，也是无声的交谈，像时日里的未知，沉默就是最好的抵达。

17

此刻，如果竹影摇曳，我会挽起那滴清亮的鸟啼，走进夜之深处。

就是要逃，也要逃到一只葫芦的体内，不必再咬着牙与昨日的影子为敌。

着青袍的光阴，用半盏明月催生了千古幽思。倘若我是一位旧时书生，我也会蘸墨勾勒出白狐的妖媚。

倘若，我又能从黑夜布施的隐身术中逃出来，我定会抛开满池春水，打包藏好一花一叶的荣枯……

18

那堵暗藏玄机的墙，最终供出了我可疑的身份。纵使我右手握剑，左手拾起一片落叶，还是无法做到镇定自若。

一缕能穿越高墙而从不自傲的光，一缕深谙默契的光，让我看见那些被遮蔽的部分，并托起了光芒全部的情意。

在安静一隅。那朵小花，就是照我前世的那朵月光，从不喧哗却藏有我一辈子浩荡的诗情。

我想盗得一根青丝，去厘清故事的来龙去脉。但我做到了守口如瓶，即使面对一扇刚开启的窗，我也没透露半点风声！

19

犹如一只灵蝶，倏地飞越清晰的梦境。薄翼带来的风，不小心吹灭了那盏青灯。

我所有的努力，都抵不上一双翅膀，甚至一片羽毛或一滴夜色。纵使轻若绒毛的光影乱舞不止，黑夜也兀自不动，只管打坐入定。

远离人间烟火。尘世只留下了一缕光，一颗石头，和一腔悲悯。

像最深情的一次注视，最幸福的时刻就是怦然心动，包括美景美色，也包括萤火虫似的微光。

一只蝶，或许是寻着花香而来，或许只是跟着春光路过。但不论怎样，在最深的夜里，我还是能摸到自己的心跳，知晓蝴蝶遁去和黎明来临的方向⋯⋯

20

大寒之夜。有一盆炉火，一盏小灯，一朵新棉，一壶老茶，这夜就暖了。

被炉火点燃的夜色，被小灯照亮的书简，被新棉绽开的光阴，被老茶悠远的过往，安恬地聚集在一起，就构成了奇妙而温馨的画面。

那一点炉火的红，一朵棉的白，一缕光的暗，就将我带到了生活的拐弯处。

在那里，我并未遇见生活的传奇。也许，生活原本就是断裂的。有经历，就自会有过往，自会有对岸，自会有桥梁或横渡的小舟。

而此刻，黑夜仿佛陷入了巨大的停顿。远方的那场雪，还徘徊在记忆的边缘。

如果听见了壶里沸水的尖叫声，我将会起身，再次回到炉火前。

21

冬日的夕光，在料峭的风里跟跑。满池的涸敝，似乎也抛开了矜持，在憧憬着前方的诱惑。

时间，在水面终于放慢了脚步。一缕夕光，轻叩着枯去的荷叶，欲说还休。

此刻，即使我能捞起一手的波光碎影，却捞不起残留的梦。

暮冬，如此静默的写意，是时间送给我的礼物么？

在微澜与微光交错的水湄，我悄然将记忆里的蛙声打开，抱紧大地的脚踝，坐等叶涌花开。

22

带籽的棉絮，已被取尽。只剩下，空落的壳与干枯的枝。

甄选一朵柔软，向时间致敬。留下的空与白，总与诗和远方有关。

黑夜，在炉火旁，我想与记忆做一次深切的交谈。主题，就是关于温暖。

与棉有关的记忆，总与乡村和母亲有关。慈母手中的线，来自故园的棉；游子身上的衣，也离不开故园的棉。

如今，母亲已逝，故园成空，但关乎纯棉的记忆，依旧是心底永不散失的暖！

今夜，如果悬在天际的星辰，是一团旧火，我将会在明灭的火光里，安顿好内心，嫣然睡去。

23

每片雪，都是一个透彻的文字，在找寻着表达的位置。

一朵白梅，用冷冽的清香，锁住了沉寂和浅斟低吟。每当思念成雪，我就拾一片雪抒怀，借一缕风朗诵。

前面那一行深深的足迹，就是离我最近的知己。我已学会不再在雪地，悄然掩饰泪痕。

明天，必定是一个有阳光的日子，时间也将半推半就露出真实的面目，收藏好人世间最动心的一次欢愉。

24

雪，突然来了，蹑着狐的脚步。

此刻，我正在雪野上游走，正走向那朵香如故的梅。

一场大雪，无缘无故成为背景。我不知道该怎样携着雪花的纯粹，才可能抵达时光的对岸？

一朵梅的苦寒和清香，都只属于自己。寂寞的绽放也好，喧闹的纠集也罢，光的阴影仍在明亮与幽暗之间滑行。

苍黑的树枝，显得如此沉静，仿佛一位拥有足够智慧的旁观者。

也许，每一片雪、每一朵花、每一声叹，也都带有足够的激情。而我看见那些洁净的光焰，恰恰都是孤独的！

25

一扇敞开的门，回避着光的突然造访。门内的幽暗，正适合没有边际的幽思。

光秃秃的枝桠，欲将眼前变形的世界搂在怀里，将倒扣在空地上的寂静垂钓。

那残留的几片叶子，显得有点突兀。余光打在上面，或许过于明亮。明亮之外，或许是我过多的犹疑。

一束光，突然栖在幽暗的枝上。仿佛一个旧友的到访，我快速开门迎候，然后启开了尘封的酒窖。

这种情谊，比叶子稠密，比光的翅膀厚重，比陈酿更香醇。

26

反复被拉长的回忆，失去了弹性。留下的心结，虽有些触目惊心，但已无法解开。

空中的微尘，在光里沉净。那些追赶梦想的足音，在空旷的黑夜有了回声。

像一只昼伏夜出的蝙蝠，我在不断重复孤独的飞行。户外的星光，不知还剩下多少秘密，可供分享。

与黑暗抗争的一生，显得有些漫长。而我单薄的身影，已重叠在影子之中。

在暗中唏嘘的光阴，突然间拉近了现实与梦境的距离。那些被命运绷紧的绳索，又好似一架古琴，等待着我倾情的弹奏！

27

一枝孤独，沉沦于无边的黑暗，好似在光阴的另一面虚度。

却，也能开出花来。

尘世间被虚化的明与暗，苦与痛，不会轻易被抹去。那些只记住了灿烂微笑的人，此刻注定会被孤立。

当我将蝴蝶和蜜蜂，都锁进记忆，我只想与两片叶子交谈一场花事的盛况，与一张方桌计算白昼到黑夜的距离。

如果，将灯全部还给光，将花朵全部还给春天，将秘密全部还给神，我或许就是那个值得赞颂的愚人。

28

一把空椅子，让我莫名爱上刚起身离去的那个人。无论男女，无论老少，我都爱。

墙上留下的影子，虽然有些抽象，近乎虚幻，但似神一般完美。

这个舞蹈的影子，突然有了一个跪谢的姿势，让我顿感迷失。但谁会在意我瞬时的迷失呢？

我仿佛看见一缕风，在逼仄的空间盘旋。如果将自己想象成一只鸟，以轻承受重，以重托住轻，那么游离的影子就是飞翔的见证。

这突然空出来的角落，即将被黑暗填满。我必须握紧光的刀柄，将囚禁自由的暗室劈开，直到一群一群的阳光或月光，纷纷涌进来。

如果夜色宁静，我就能听见椅子移动的声音，听见依稀的鸟声，听见渐行渐远的人声。

这些声音，我也都爱。

29

冷寒一番肆虐之后，正在走远。一束盛开的野花，融化了我内心的坚冰，告知春来的讯息。

在茫茫黑夜，远处那些若隐若现的草色，重新勃发了我的斗志。

一枝春，写意生命的绿意。大地的母腹，正分娩一抹曙色。

倘若在漫长的冬夜，点一盏心灯，那么苏醒的万物，就是神的旨意。

这束倚在春的门槛、带着旷世傲骨的花，显得遗世独立，却含笑不语。

如此神秘的夜，喜欢梦幻的星子，都藏在我凝固的思绪里，让一场突如其来的遭遇，激活满腔情怀。

惟余那一枚时光的手镯，被夜色擦拭得莹莹烁烁，如同此刻我内心曼妙起的诗意。

30

光阴，其实无法虚度。在这里，时间皆碎成了点滴。

倘若一个人的内心，能再宽泛一些，再虚饰一些，再孤傲一些，那些尖锐的言辞，也可被柔韧的影子，磨得光滑如许。

一个人的生命，总隐藏有不同的病灶。一张张冷冰冰的床，都被苍白的床单覆盖，彰显生命的脆弱。

那些伏低的光与影，似隆冬瑟缩的荒草，在衰弱和强盛之间转换，最终还是找到了自己应有的归宿。

倘若我可以一缕光决绝的姿势，再次爱上转身的那个背影，属于我的漫漫篁夜也将毫无畏惧！

纵使时光的针尖上，密布着刺痛，生命的温床所孕育的，依旧是花朵与叶子的缠绵。

31

一粒尘埃，从玉石上跌落，仿佛一粒光，悄然擦过光滑的丝绸。

没有什么可奇怪的，我一边爱着玉的温润，一边抱着光柔软的触须。

也没有什么不可思议的，窗外的树叶，在探头探脑寻找它们的主人。我将自己弄得像暗处的一缕风，四处找真实的依靠。

光在玉里，玉在光外。一个圆，真的能重叠另一个圆么？当我宁为玉碎时，一块孤单的石头，还是绊倒了记忆。

有一只手，终究会属于这只玉镯。其间的默契，将拉遥遥与远的距离。

另一只手，已被岁月伪装，就是近在咫尺，也无法牵到。当我觉醒时，一场缘早已成空！

32

站在枯与荣的边界，一朵花在对视另一朵花。昔日的妖娆，即将落幕，一声褪色的叹息，饱含清芬和苦涩的滋味。

这个冬日，我刚给一树梅花涂上太阳的颜色，渴望的白雪，却依旧在梦境里徘徊，还装出一副深邃莫测的样子。

此刻，两朵花的对视，是枯与荣的对视，是过去与当下的对视，也是浅陋与深刻的对视，似乎和苦难无关！

但为何我会同时关注它们，并爱着它们？答案很简单，因为黛色的记忆里，那些沉淀的沧桑，释然了所有的恩恩怨怨。

惟有温暖我一生的时光，怀抱着悲悯，照亮了一朵又一朵花回家的路！

33

这片灰白，写意着时光的空白。多余的枝蔓，以及花叶，都被时间收走了。

此刻，我的心也一片灰白。那些碧绿和姹紫嫣红，都被时间收走了。

此刻，没有风来，安静的水面一动不动，我的凝视也一动不动。那些波澜和喧闹，都被时间收走了。

此刻，稀疏的残枝败叶，模糊了我的情怀。那些蝴蝶和蜜蜂，都被时间收走了。

这片灰白，看似轻松随意，而我久久望着，心，一会儿就生生痛了！

34

那个屋檐，就是故园的表情。我的离开，恰似风过墙头。

黄昏时，夕光拉长了我曾经的守望。匆促的风，摘走了最温柔的那片叶子。

时光，囚禁于深深的庭院，被一缕乡愁层层围困。

青瓦无语。一个表情，在重叠着另一个表情；一个表情，在另一个表情里复活。

日暮乡关。我用半生追赶的前程，被一缕炊烟抱紧，又在另一缕炊烟里散尽。

寂寥的屋檐，是一幅立体的画，是一首读来便会潸然泪下的诗。

当暮色吞噬了庭院，那扇敞开的窗，如同我张开的嘴，纵使说再多的话，也早没了听众。

那些难以启齿的，我只能捎给风。因为庭院再深，墙头再高，也捆绑不住风的脚步！ [Z]

题画牡丹

镇日无暇育牡丹，长毫重彩写天然。
霞光染上鲜花瓣，碧浪渲来绿叶间。
旷野熏风香益烈，山川灵气韵平添。
精心数点黄金蕊，虎骨龙睛此处看。

读书

少年即获书痴号，老大渐离呆子名。
惯向荒原承雨露，尤从父老取真经。
湖波海浪淘胸臆，峭壁危崖铸性灵。
万里风云须读遍，文章顺手亦随心。

大学同窗毕业卅年重聚有感

卅载风云转瞬中，当年惜别少相逢。
忧民虑国劳心力，育女培儿损貌容。
足下江河行大地，胸中日月傲苍穹。
凤凰山麓飞雏凤，四海和鸣韵律同。

花甲自况

涉过泥潭翻过岭，也曾显著也平庸。
穷通不改清高病，冬夏频吹炽烈风。
春去犹存桃李果，秋来幸有赋诗功。
涂鸦笔蘸长江水，自画图如涧底松。

夜卧乌林闻江涛偶成

曹操兵败处，赤壁对乌林。
扎寨无山险，连船误水军。
东吴凭火胜，西蜀借机兴。
十万游魂怨，江涛总不平！

沁园春·荆楚诗风

楚水荆山，人杰地灵，蕴育诗风。忆房陵吉甫，秭归屈子；襄阳访故，安陆寻踪。孟浩清新，青莲飘逸，同祖风骚各显荣。源流远，望波涛澎湃，江汉朝宗。

今时海阔天空，凭飞跃，鲲鱼化大鹏。任思攀赤壁，心追黄鹤，情

浣溪沙·燕子花

羽叶经霜早报春，呢喃燕语暖乡村。连田紫被绿茵茵。
沃土，稻香垂首谢深恩。农人共命是知音。花盛献身滋

西江月·襄阳诗会

汉水迢遥玉带，岘山虬劲青松，驱车似驾雪花骢，诗客奔来接踵。 畅咏田园画境，大书时代雄风，米芾孟浩兴冲冲，待见春潮涌动。

渔歌子·年关降雪

雪压飞尘现碧空，灯笼辉映醉颜红。盼归者，留守童，可有天寒卖炭翁？

黄金辉诗词选

梦里水乡

乡情鸢尾线，到老梦魂牵。
树树钻天笔，田田漱玉笺。
驱鱼磨黑墨，盖印倩红莲。
画就禾香韵，诗成锦绣园。

张家界武陵源印象

女娲炼石补天后，造化残留块片渣。
插作奇峰披彩带，栽为盆景抹流霞。
肖形状物随心愿，写意传神叹美佳。
溪水弹琴添韵致，金鞭镇宝各安家。

武汉郊区消泗乡万亩油菜花

炫富守财惟此乡，黄金铺地当寻常。
谁人摘朵金花去，彩蝶蜜蜂追缴忙。

江南竹

掀开顽石露锋尖，拔地凌云势顶天。
直干虚心排雾瘴，青枝绿叶扫尘烟。
肩横敢荷千斤担，梯竖能攀万仞山。
我爱江南山上竹，高风亮节在人间。

江南柳

千年画柳女儿妆，我道柔中透韧强。
只要青枝沾水土，无须艳蕊耀华堂。
碧草湖滩毛蜡烛，抗压经磨作栋梁。
防风挡浪连长阵，江南沃野绿成行。

观瀑

织布天孙遗半匹，云间飞落仰头看。
欲将此布缠烦恼，抛入深渊无寸澜。

随州千年银杏林

神农尝果后，曾乙铸钟成。
黄叶秋风里，古铜犹发声。

火瀑

亿万斯年迸火山，岩浆直泻汇龙潭。
水瀑喧虺犹火瀑，天机织锦石斑斓。

内蒙古纪游（选三）

克什克腾旗达里湖

镜悬原上三千尺，波映苍天万里云。
碧草湖滩毛蜡烛，举樗唤雁莫离群

贡格尔草原

天空蓝幕跑羊群，地上绿茵飘白云。
山影松杉如水彩，深浓浅淡画晴阴。

阿斯哈图石林

岩浆迸射一层层，页页史书成石林。
罗敷不上将军榻，万古沧桑圣洁心。

诗人档案
THE POET FILES

□ 特邀主持 三色堇

CHEN DONG DONG

陈东东

攀登者决定把汗水流尽，
到金顶再把自己吹干或晒干。
他们后面的滑杆里窝着旧样版电影、乌云和乳房；
匪营长的二姨太发髻盘旋、盘旋向高海拔；
臭苦力肿肩，朝旗袍衩口里回望落日沦陷进地峡。

——《导游图》

陈东东

1961年生，祖籍江苏吴江，出生并长期生活于上海，现居深圳和上海。1980年代初在上海师范大学读书期间开始写作。早期诗作讲究纯净的音乐性和意象性，后来诗风渐趋奇崛、冷艳，融合了古典诗学的敷陈和现代主义的寓言。创办和主编民间诗刊《倾向》、《南方诗志》，策划和组办"三月三诗会"。主要著作有诗集《夏之书·解禁书》、《导游图》、《流水》，随笔集《黑镜子》、《只言片语来自写作》等。

主要作品

诗集：
- 《夏之书·解禁书》重庆大学出版社　2011
- 《导游图》台北秀威出版公司　2013

随笔集：
- 《黑镜子》北京邮电大学出版社　2014
- 《只言片语来自写作》北京大学出版社　2014

过 海
（回赠张枣）

1

到时候你会说
虚空缓慢。正当风
快捷。渺茫指引船长和
螺旋桨
　　　一个人看天
半天不吭声，仿佛岑寂
闪耀着岑寂
虚空中海怪也跳动一颗心

2

在岸和岛屿间
偏头痛发作像夜鸟覆巢
星空弧形滑向另一面。你
忍受……现身于跳舞场
下决心死在
音乐摇摆里。只不过
骤然，你梦见你过海
晕眩里仿佛揽楚腰狂奔

3

星图的海怪孩儿脸抽泣
海里被度尽，航程未度尽
剩下的波澜间
那黎明信天翁拂掠铁船
那虚空，被忽略，被一支烟
打发。你假设你迎面错过了
康拉德，返回卧舱，思量
怎么写，并没有又去点燃一支烟

4

并没有又回溯一颗夜海的
黑暗之心。打开舷窗
你眺望过去——你血液的

倾向性，已经被疾风拽往美人鱼
然而首先，你看见描述
词和词烧制的玻璃海闪耀
　　　　　　　　　　岑寂
不见了，声声汽笛没收了岑寂

5

你看见你就要跌入
镜花缘，下决心死在
最为虚空的人间现实。你
回忆……正当航程也已经度尽
康拉德抱怨说
缓慢也没意思。从卧舱出来
灵魂更渺茫，因为……海怪
只有海怪被留在了那个
书写的位置上。（海怪
喜滋滋，变形，做
诗人）——而诗人擦好枪
一心去猎艳，去找回
仅属于时间的沙漏新娘
完成被征服的又一次胜利
尽管，实际上，实际上如梦
航程度尽了海没有度尽

窗 龛

现在只不过有一个窗龛
孤悬于假设的孔雀蓝天际
张嘴去衔住空无的楼头还难以
想象——还显露不了
建筑师骇人的风格之虎豹

但已经能推测：你透过窗龛
看见自己，笨拙地骑在
翼指龙背上，你企图冲锋般
隐没进映现大湖的玻璃镜？也许
只不过，你刚好坐到梳妆台边上
颈窝里卷曲着猫形睡意

那么又一次透过窗龛
你能够看见一堆锦绣，内衣裤
凌乱，一头母狮无聊地偃仰

如果幽深处门扉正掀动
显露更加幽深的后花园，你就能

预料，你就能虚拟：你怎样
从一座鱼形池塘的肤浅反光里
猜出最为幽深的映像——一个
窗龛如一个倒影，它的乌有
被孔雀蓝天际的不存在衬托
像幻想回忆录，正在被幻想

语言跟世界的较量不过是
跟自己较量——窗龛的超现实
现在也已经是你的现实。黄昏天
到来，移走下午茶。一群蝙蝠
返回梳妆镜晦黯的照耀。而

你，求证：建筑师野外作业的
身影，会拉长凝视的落日眼光
你是否看见你俯瞰着自己
——不再透过，但持久地探出
窗龛以外是词的蛮荒，夜之
狼群，要混同白日梦

咏叹前的叙述调

码头高出岸线一小截
推单车去赶渡船的邮递员
要稍稍拎一下生锈的把手
这表明春江听从了季节律令
浊流上涨，繁忙像汽笛
噪音解散着烟尘那滚滚的
黑制服编队。接着是轻微却已经
明显夸大的坡度，一直到江心
好让单车性急如大猎犬
向下疾冲……邮递员跟上
一路小跑，他的形象
十年后又一次没入船舱油污的
晦暗，已变幻成一个
黝黑的支局长，跨坐着摩托
如骑上了常遭罚款的命运虎
过江是他的一次暂歇。渡轮贴上
对面码头橡皮胎护沿时一阵
轻颤。他赶紧又启动

他刚刚眯缝眼看到的那叶
柔软的船帆，也赶紧化作他塑料
头盔上摇摆的翅膀，追随疾驰
犹豫地掀动……景象在
加速度后面合拢，立即就成了
过去笼罩的石头废墟，而迎面
更朝他扑来的道路，则是他
十年前投递的挂号预约函

礼拜五

被召唤的……是那个召唤者。他胸中
一片月将他照耀；他想象的海域间
气泡般升上水面的博物馆缩微了宇宙
博物馆显现的岛屿乌托邦敞开
码头，要迎候一艘锈铁船抵达

罗盘却指向另一个所在。他的心偏离
他进展到时间半途的旅行上演了
滑稽戏：仿佛军舰鸟，有如被风
从前甲板拥抱到尾舷高杆的一张
旧报纸，他的身体在速度中变幻

他的意愿——飞翔中倾侧
划出的弧线企图围拢别样的中心
别样的标志物，别样的博物馆
和一个别样的主角……哦现实
他的船几乎在转向中覆没，他的自我

被抛上了浅滩，——被时代风格的
低劣诗作之塞壬猎获，而又被舍弃
在一座反面的乌托邦岛屿。这样他努力
去做鲁滨逊，去点燃篝火、拉扯大旗
去词语乱石堆砌的堡垒召唤／被召唤

那竭力呼喊中借来的句子是新的
滑稽戏；那回声就像被照耀的一片月
又将他照耀——要让他看清：尽管他
从不是食人生蕃，却仍然仅仅
仅仅是礼拜五

幽 香

暗藏在空气的抽屉里抽泣
一股幽香像一股凤钗
脱落了几粒珊瑚绿泪光
它曾经把缠绕如青丝的一嗅
簪为盘龙髻,让所谓伊人
获得了风靡一时的侧影

然而来不及多一番打量
光阴就解散了急坠向颓废的
高螺旋发型。等到你回顾
——折腰、俯首:几缕
枯发残留,是不是依然
以幽香的方式牵挂着

幽香?逝水却换一种方式倒灌
那仿佛已蒸发的容颜映像随
细雨潜入夜——看不见的
凤钗也许生了锈,也许
免不了,被想象的孤灯
照亮……去想象

所谓
伊人并非"就是"也不是
"似乎",但似乎就是
诱人的气息刻意被做旧
你更甚于想象的幻想之鼻
深埋进往昔,你呼吸的记忆

近乎技艺,以回味的必要性
凭空去捏造又像幽香的
或许的忧伤——这固然由于夜
雨在暂歇处抽泣着不存在
这其实还由于:不存在的
抽屉里暗藏着过去时

导游图

余晖佩戴着星形标记像一个错误。像一个错误吗?
还没有尽兴的爬山新手们稍歇在四望峰,
听下面云动,滂沱一场雨。
他们要去的下一个景点更在天边外。

★

大雨让你和他只能在山前小旅馆玩牌。
门窗敞开着,没了生意的发廊姐妹时时来探看。
雾汽群羊做得更出色——从桑拿浴室里
涌进走廊,挤上双人床;
雷霆镇压咩咩的叫唤声。

★

借着闪电,写作者一瞥。
借着闪电我记起履历,更多旅程里我被运送着,
　　读别的游记:
借着闪电有人从裹挟里突出包围圈,其中一个说
　　"我已经湿了……"

★

攀登者决定把汗水流尽,
到金顶再把自己吹干或晒干。
他们后面的滑杆里窝着旧样版电影、乌云和乳
　　房:
匪营长的二姨太发髻盘旋、盘旋向高海拔;
臭苦力肿肩,朝旗袍衩口里回望落日沦陷进地
　　峡。

★

这不是诗。是累活儿。
石匠花费了多少轮回筑成盘山梯?
新来者攀上新三岔口,触摸深凿进凹陷鹰眼和
夜之晕圈的青石路标:
抵达乐园还需花费多少轮回呢?

★

但每一次回看像一座小乐园。
如果你打算把视线捆绑在叫不出名字的归鸟脚杆
　　上
回看得更远,直至幽深……小乐园也许会翻转为
　　地狱。

★

一天的等待就已经漫长得让人受不了。
新雨消灭旧雨,新希望成为记忆中振翅欲飞的旧
　　幻想。
傍晚你和他终于厌倦了输赢、反复……
无聊牌戏幸好还可以变化小说:
——他打开台灯……你读导游图。

奈　良

往高松冢的路上如梦
樱花树下时时遇见麋鹿
歇脚在一边翻看杂志克劳斯如是说

世界末日之际
我愿正在隐居

坐到法隆寺殿的黄昏瞌睡唯美之迷醉
又有铁铃铛叮叮
送来想象的斑鸠

走马观花一过
即为葬生之地

译自亡国的诗歌皇帝

搁下铺张到窒息的大业:那接近完成的多米诺帝
　　国
一时间朕只要一口足够新鲜的空气

★

而突然冒出的那个想法,难免不会被激怒贬损
——万千重关山未必重于虚空里最为虚空的啁啾

★

声声鸟鸣的终极之美更搅乱心
拂袖朕掀翻半辈子经营的骨牌迷楼

归青田
（纪念记忆）

整个夏天,临睡前去铺开
被汗渍渲染得更老的篾席
再把盔形罩锈蚀了半边的那盏台灯
也移往滑爽的打蜡地板,摆放于
篾席微卷起破损的那一头

他躺下,就着灯,展开一册
《聊斋志异》——望夜里干脆
就着满月
边上,他儿子喜欢看
玉兰树冠和长窗的影子从墙角到天花板

他读一段然后讲解,朔弦明灭
语调各不同。浓郁之晦里
他儿子听见狐妖们跐脚轻点屋瓦
另有魂魄,凄然转过弄堂暗角
脸色纸一样,到水边幽怨

接着是另几个眉月和盈月夜
另几个亏月跟残月切换,枕席之上
他娓娓,演绎更多非人间故事
为了强忍住一个呜咽,为了用他
所有的诉说,不去诉说他母亲的姓名

又一个夏天来临,儿子已到了
他当初噬心压抑悲愤的年纪
凭着栏杆,两个人翻看一册旧书
端详着,终于会显影于遗忘暗房的
战栗的底片

——当这个女人
在早先的夏天突然发了疯
从自己的姓名里纵身一跃
沉进河塘,像要去捂紧油亮水镜里
漩涡一样无限收摄高音的喇叭

死和火红的黄昏之上,有另一只喇叭
重叠于落日,仍然在倾洒
喷射拉线广播的烈焰,半枯焦了

野田禾稻、运河与沟渠……穿过
这个女人的道路，入夜之后没于无声

惟有萤火虫把冷月领进了死之黑暗
于是，躲避满城持续的喧嚣
他重温母亲早年向他授受的传奇
恍惚两栖于阴阳世界。梦中之恋
天亮后幻化成光阴的废墟

而现在
从那册《聊斋志异》里，他找回
依稀于母亲所有前世的照片一帧
背面一行字，只为他儿子倏现即逝
——姓名：归青田，祖母……情人

桃花诗

今天也已经变作往昔
　　　　——小林一茶

总有一枝不凋
忆想起，冷雨一鞭鞭
狂抽过后的桠杈之空

尽管空也能幻化桃花
脑穹隆下顽固的不凋
却是被痉挛的思维

催生出疼痛
骨朵欲望的不止艳红
不止开放般蔓延的血

这摇曳的不凋臆造
武陵人，缘溪忘路
曾经访得完美的往昔

他的奇遇，有赖一瓣瓣
梦见了他的桃花之念
在你头骨里无眠着不凋

一枝所思又奈何武陵人
只一天尽享无限桃花
并不能死于沦丧时间的

好的绝境。武陵人于是
坠入此夜，重新忘路
斜穿大半座都市的忧愁

他站到一树经不住冷雨
反复虐恋的乌有底下
承应你颅内

他的桃花
正因疼痛而一枝不凋
正因疼痛，你臆造他

为你去幻化
仅属于你的无限桃花

谢灵运

永嘉山水里一册谢康乐
尽篇章难吐胸臆之艰涩

他郁闷便秘般晦黯的抒情
贯彻了太守惟一的政策

他用那欲界·仙都微妙的词色
将菜市口挥刀削他头颅的刽子手抵斥

他比他假装得还要深刻
还要悠僻渺远地跋涉

好赢得还要隆重的
转折

夕阳为孤屿勾勒金边
凸显于暮色天地间浑噩

超现实的炫舞与形而上的抵达
——陈东东诗歌简评

□ 南 鸥

陈东东是二十世纪八十年代成名的诗人，他有着他们那个时代鲜有的超然儒雅的精神气质。他常常在沉寂的叙述中爆出语言冷艳的舞姿，以一种超现实的美学气质与语言策略，逼近一种形而上的精神领空与一个时代的原像。这是我对诗人陈东东的一个诗学气质上的描述，这个描述不仅源于诗人在二十世纪八十年代就储存在我记忆的影像，同样源于我对刚刚读到的《过海》、《窗龛》、《礼拜五》、《幽香》、《导游图》、《宇航诗》等写于二十一世纪的十五首诗歌的诗学气质的基本判断。

坦率地说，对陈东东这样一位对汉语表达的丰富性有着极高领悟并形成自己独特的语言策略的诗人来说，要做出一种对语言与精神的双重解读与描述是艰难而危险的。这样的危险一方面来自诗人独特冷艳舞姿的语言策略，另一方面来自诗人形而上的精神性揭示的丰富与开阔。尽管我更加赞赏从诗歌现场出发，冒着热情的有血有肉的文本解读的诗歌评论，但是这样的诗歌评论也同样冒着风险。我反复谈到，诗人的任务仅仅是为读者呈现一个思考与美学的空间，而读者在阅读时听到什么，看到什么，摸到什么全是他自己的悟性。从这个意义上说，任何精细的文本解读仅仅是一孔之见，也许还是对文本本身的误读，甚至是伤害。因而我们从文本自身的语言气息与精神质地所蒸腾出来的文本气质上进行描述，也许才是对诗人及文本的最大的尊重。

在诗人看来，诗歌是从现实中获取的一种超现实的力量，而这种超现实的力量又会被注射到现实，去改变现实。显然这样的艺术理念构成了诗人创作的出发点与终结点，既规定了诗人创作的源泉，又阐明了诗人观照生活，透视现实的艺术策略。

超现实主义是在法国开始的文学艺术流派，源于达达主义，并且对于视觉艺术有着广泛而深远的影响。这个艺术流派于1920年至1930年间盛行于欧洲文学及艺术界中。它的主要特征是以所谓"超现实"、"非理性"的梦境、幻觉等潜意识作为艺术创作的源泉，认为只有在这种超越现实的"无意识"世界里，人们才能摆脱一切束缚，最真实地显示客观事实的本真面目。无疑，超现实主义的艺术主张对传统的艺术理念构成了巨大的渗透与肢解，在我国文学艺术领域也赢得了满堂的喝彩。

诗人陈东东也是一位超现实主义的喝彩者与实践者。从语言上说，奇异、晦涩、梦幻、安静是文本的美学特质，诗人很喜欢在这种语言所呈现的美学氛围之中来彰显自己的思考。但是在诗人从容的不动声色的叙述中我们总感到河床下波澜翻卷，甚至在波澜的生涩中给人瑰丽的致命一击，令人获得一种从未有过的奇异的感悟，就像淡黄色的火焰温柔地把空气灼伤。

《过海》写于2001年，是诗人对张枣的回赠。显然，诗人企图以"过海"的短暂的旅程来彰显和解读漫长的人生。尽管"过海"仅仅是一个短暂的旅程，在漫长的人生之中完全可以忽略不计，但是诗人敏锐而智慧地窥视到"过海"所隐藏的丰富而开阔的诗学隐喻。显然这样的隐喻关系精准而开阔，极富表现力，是从形而下的世俗生活的场景到形而上的精神思考的上升与超越。

到时候你会说
虚空缓慢。正当风

快捷。渺茫指引船长和
螺旋桨
　　　一个人看天
半天不吭声，仿佛岑寂
闪耀着岑寂
虚空中海怪也跳动一颗心
　　　　　　——《过海》

这是《过海》的第一节，诗人意识到生命的虚无，他自然只能写到"渺茫指引船长和螺旋桨"，但是诗人深知生命的玄妙与奥义，他领悟到存在就是意义，即使是死亡般的沉寂也是另一种照耀，因而他继续写到"仿佛岑寂／闪耀着岑寂……"

诗人不仅洞悉了生命终极的虚无，他更加敏锐地认知到生命过程备受折磨与煎熬，命运的艰难与重负，因而在第二小节他继续写到"在岸和岛屿间／偏头痛发作像夜鸟覆巢／星空弧形滑向另一面……"在第四节诗人继续写道：

你眺望过去——你血液的
倾向性，已经被疾风拽往美人鱼
然而首先，你看见描述
词和词烧制的玻璃海闪耀
　　　　　　　　岑寂
不见了，声声汽笛没收了岑寂
　　　　　　——《过海》

诗人已经意识到旅途之中人们无法抵御的诱惑与主体性的丧失，他听见自己的血液已经被疾风一样的美人鱼拽走，甚至连寂静也会被消隐，一切都将烟消云散，将灰飞烟灭……

但是诗人是异常警醒的，他知道尘世是有限的，就像短暂的旅行很快就会度尽，而时间是无法度尽的，诗人只有像猎人寻找猎物那样，扛着猎枪在时间中寻找沙漏的新娘。

细读《过海》，我们看到诗人通过形而下世俗生活场景的现实抒写，然后通过变形、抽象、重组，获得一种穿越现实的超现实的诗学意义，令文本获得一种形而上的上升与超越。我们再来看看诗人的《窗奁》：

现在只不过有一个窗奁

孤悬于假设的孔雀蓝天际
张嘴去衔住空无的楼头还难以
想象——还显露不了
建筑师骇人的风格之虎豹
　　　　　　——《窗奁》

孤悬于孔雀蓝天际的窗奁是诗人预设的一个虚与实的意象，应该说在诗人看来它是有着超凡的意念，但是它无法衔住矗立天空的楼宇，当然也无法呈现设计师的虎豹智略。

虚实结合的窗奁是一个象征，它扮演着世俗生活与超然生活的双重身份，或者说它是诗人认知和诗意转换的一个时间和空间的载体与道具，诗人企图通过它打开现实与超现实的神秘魔影。第一次人们透过窗奁照见自己笨拙地骑在龙背上，而当他回到梳妆台边，脖窝里竟然卷曲着猫形的睡意；第二次人们透过窗奁看见的是一堆凌乱的内衣裤的锦绣，而当幽深处门扉掀动，露出的是更加幽深的后花园，这时人们就可以肆意地虚拟……原来"窗奁如一个倒影，它的乌有／被孔雀蓝天际的不存在衬托／像幻想回忆录，正在被幻想……"

你，求证：建筑师野外作业的
身影，会拉长凝视的落日眼光
你是否看见你俯瞰着自己
——不再透过，但持久地探出
窗奁以外是词的蛮荒，夜之
狼群，要混同白日梦
　　　　　　——《窗奁》

原来诗人是要让语言跟世界较量，而"语言跟世界的较量不过是／跟自己较量"，因为"窗奁的超现实／现在也已经是你的现实。黄昏天／到来，移走下午茶。一群蝙蝠／返回梳妆镜晦黯的照耀"。而当人们求证建筑师虎豹之心的身影时，会拉长凝视的落日的阳光，人们只看见自己俯瞰着自己……原来窗奁之外全是词语的蛮荒，而夜晚的狼群，正在混同白日梦……

那么你再来看看《礼拜五》：

被召唤的……是那个召唤者。他胸中
一片月将他照耀；他想象的海域间
气泡般升上水面的博物馆缩微了宇宙

博物馆显现的岛屿乌托邦敞开
码头，要迎候一艘锈铁船抵达
　　　　　——《礼拜五》

在《幽香》中，我想诗人企图用幽香来指涉生命的奇异与哀婉，所以诗人写道：

暗藏在空气的抽屉里抽泣
一股幽香像一股凤钗
脱落了几粒珊瑚绿泪光
它曾经把缠绕如青丝的一嗅
簪为盘龙髻，让所谓伊人
获得了风靡一时的侧影

因而，"来不及多一番打量／光阴就解散了……以幽香的方式牵挂着……那仿佛已蒸发的容颜映像随／细雨潜入夜——看不见的／凤钗也许生了锈，也许／免不了，被想象的孤灯／照亮……去想象"。然而，当"近乎技艺，以回味的必要性／凭空去捏造又像幽香的／或许的忧伤——这固然由于夜／雨在暂歇处抽泣着不存在／这其实还由于：不存在的／抽屉里暗藏着过去时"。

如果说人生就是一场不知所终的旅行，那么诗人的这首《导游图》就获得了意蕴深厚的别样的景致。

借着闪电，写作者一瞥。
借着闪电我记起履历，更多旅程里我被运送
　　着，读别的游记；
借着闪电有人从裹挟里突出包围圈，其中一
　　个说"我已经湿了……"
…………
但每一次回看像一座小乐园。
如果你打算把视线捆绑在叫不出名字的归鸟
　　脚杆上
回看得更远，直至幽深……小乐园也许会翻
　　转为地狱。

是的，我们一生都在旅行，但每一次我们都像物品一样被运送，被安检，被到达，只能在闪电之中回望自己的身影，检索自己的履历……

这几首诗歌看似闲散，互不关联，但是每一首诗歌之间被罗盘、海域、岛屿、博物馆、乌托邦、码头等等主题意象所连绵起来，令这些诗歌有着内在的剪不断、理还乱的精神潜脉与隐性的逻辑。在潜意识的变形、抽象与时空变幻的玄妙之中，主客体的互移互换为诗性的空间赢得了辽阔的开放性，展现了诗人透过超现实的艺术想象所获得的形而上的辽远的认知。

《宇航诗》是诗人2015年完成的近作，我想诗人是想揭示精神世界与物质世界的相互支撑与彼此建构的大宇宙法则。

大气是首要的关切。航天器不设终点而无远
它过于贴近假想中一颗开始的星
新视野里除了冰脊，只有时间
尚未开始

它出于鸿蒙之初最孤独的情感。在山海之间
发现者曾经晏息的小区又已经蛮荒
幽深处隐约有一条曲径，残喘于植物茂盛的
　　疯病
追逐自己伸向尽头的衰竭的望远镜

诗人首先写到"新视野里除了冰脊，只有时间／尚未开始"，我想这是诗人告诉我们时空的自然哲学，在诗人看来揭示时空的神秘，提高我们的认知的深厚与辽远，直至无限都是诗歌的当然要义，也是诗性的另一种呈现，尽管认知的过程神秘而艰难。

茫茫宇宙中谁是生命之源呢，在诗人看来，水是生命之源：

但只有水暗示生命的诗意；只有水
令横越沙漠的骆驼队狂喜，令巨大的猜测
在万有引力场弯曲的想象里
穿过宇宙学幽渺的针眼

其实，诗人对水的赞美就是对生命的赞美，而生命是人类精神的创作者、承载者与享受者，显然，诗人是从存在本体的意义上来揭示精神的生发与无限循环的过程与法则。无疑，这是大千世界的形而上的生成史与循环史，这样的揭示为诗歌赢得了更为广阔的触角与更加诗性的意蕴，完成了更加开阔而幽深的形而上的抵达与遨游。[Z]

外国诗歌
FOREIGN POETRY

他们杀了三个小姑娘，
要看看她们心里有些什么。
第一颗心里盛满了幸福，
她的血洒过的地方，
有三条毒蛇诅咒了三年。

——《谣曲》

诺贝尔文学奖获奖诗人诗选

□飞白 等/译

苏利-普吕多姆诗选

苏利-普吕多姆(1839-1907)，法国著名诗人，1901年第一届诺贝尔文学奖获得者。主要作品有诗集《长短诗集》、《孤独》、《命运》、《正义》、《幸福》等。

天　鹅

湖水深邃平静如一面明镜，
天鹅双蹼划浪，无声地滑行。
它两侧的绒毛啊，像阳春四月
阳光下将融未融的白雪，
巨大乳白的翅膀在微风里颤，
带着它漂游如一艘缓航的船。
它高举美丽的长颈，超出芦苇，
时而浸入湖水，或在水面低回，
又弯成曲线，像浮雕花纹般优雅，
把黑的喙藏在皎洁的颈下。
它游过黑暗宁静的松林边缘，
风度雍容又忧郁哀怨，
芊芊芳草啊都落在它的后方，
宛如一头青丝在身后荡漾。
那岩洞，诗人在此听他的感受，
那泉水哀哭着永远失去的朋友，
都使天鹅恋恋，它在这儿留连。
静静落下的柳叶擦过它的素肩。
接着，它又远离森林的幽暗，
昂着头，驶向一片空阔的蔚蓝。

为了庆祝白色——这是它所崇尚，
它选中太阳照镜的灿烂之乡。
等到湖岸沉入了一片朦胧，
一切轮廓化为晦冥的幽灵，
地平线暗了，只剩红光一道，
灯芯草和菖兰花都纹丝不摇。
雨蛙们在宁静的空气中奏乐，
一点萤火在月光下闪闪烁烁。
于是天鹅在黑暗的湖中入睡，
湖水映着乳白青紫的夜的光辉，
像万点钻石当中的一个银盏。
它头藏翼下，睡在两重天空之间。

(飞白译)

碎　瓶

花瓶被扇子敲开罅隙，
马鞭草正在瓶中萎蔫，
这一击仅仅是轻轻触及，
无声无息，没有人听见，
但是这个微小的创伤，
使透明的晶体日渐磨损；
它以看不见的坚定进程，
慢慢波及了花瓶的周身。
清澈的水一滴滴流溢，
瓶中的花朵日益憔悴，
任何人都还没有觉察，
别去碰它吧，瓶已破碎。
爱人的手掌拂过心灵，
往往也可能造成痛苦；
于是心灵便自行开裂，

爱的花朵也逐渐萎枯。
在世人眼中完好如前,
心上伤口却加深扩大;
请让这个人暗自哭泣,
心已破碎,可别去碰它。

(金志平 译)

梦

在梦中农民对我说:"我不再养你,
你自己做面包,自己播种,耕地。"
织布工人对我说:"你自己去做衣。"
泥瓦工对我说:"把你的瓦刀拿起。"
我孤苦伶仃的,被一切人类抛弃,
到处去流浪,无奈何与社会隔离,
当我祈求上苍把最高的怜悯赐予,
我发现猛狮正站在前面阻挡自己。
我睁开双眼,把真实的黎明怀疑,
看勇敢的伙伴打着唿哨登上扶梯,
百业兴旺,田野里早已播种完毕。
我领悟到我的幸福,在这世上,
没有人能吹嘘不要别人帮助接济,
我热爱劳动的人们,就从这天起。

(金志平 译)

命 运

要是我没在这样的媚眼下学会爱情
该有多好!那我就不会在世上这么久地
忍受这辛酸的回忆,惟有它,永不消逝,
离得再远,对我来说也是记忆犹新。
唉!我怎能吹得灭这淡蓝的眼睛
像灭一支蜡烛,它闪烁在我孤独的心里,
我不能安静地度过一个夜晚,即使
我披上坟墓漆黑的阴影。
要是我像众人一样,首先爱的是人品
而不是折磨人的美丽,那该有多好!
这惊艳超出了心的力量和欲望的边境。
我本来能够照自己的心愿去自由地爱,
可我的情人,我已选择的情人,

我无法再把她替换,犹如姐妹。

(小跃 译)

给浪子

心并不易碎,它用坚硬的金子铸成:
但愿它像粗陶烧制的盆瓮,
只能用一段时间,而后便成为灰尘!
可它一点没用,痛苦啊!就变得空空。
享乐老在边上贪婪地打转:
兄弟,别让这家伙大口地啜饮,
好好看住瓮中的清泉,
多年积聚的财宝一夜就能耗净。
对它要节约。不幸啊,那些糊涂虫,
火红的酒神节里他们手提美丽的陶瓷,
在平庸的偶像脚下丧失了其中的香气。
有一天,他会感到,真诚或负心的情郎,
一个处女的双唇悬挂在他的心上,
可他的心啊已倒不出任何东西。

(小跃 译)

弗雷德里克·米斯特拉尔诗选

弗雷德里克·米斯特拉尔(1830-1904),法国著名诗人,1904年诺贝尔文学奖获得者。叙事长诗《米瑞伊》(1859)是他的成名作。其他诗集有《黄金岛》、《浪漫诗》等。

米瑞伊(节选)

我这么爱你,米瑞伊,
以至你说:我爱那只
在博马尼悬岩①下舔青苔的金毛羊,
那只无人敢喂养
无人敢挤奶的金毛羊,
只要我没在路上把命丧,
我就会把红毛的金羊带到你身旁!
我爱你,迷人的姑娘,
如果你说:我要星星!

---

① 博斯城北部的悬崖。

没什么森林大海，没什么狂涛怒浪
刽子手、火与铁
能把我阻挡！
我将站在高高的山顶，
触碰天庭，摘下星星，星期天你就能挂在脖子
　　　　上。
哦，最美的人儿呀，
我越看眼睛越花！……
有一回，我在路上看到一棵无花果树，
紧靠着沃克吕斯山洞
那光秃秃的岩石，
它是那么细小，唉！
还没一束茉莉给蜥蜴的阴影多
邻近的泉水，每年一次，
滋润着它的根须，
干渴的小树，尽情地啜饮
涌上来浇灌它的
滔滔不止的清泉……
这样，它就能活上一年。
它和我很是相像，如同宝石之于戒指，
因为，我就是那棵树，
米瑞伊，你是泉水和清风！
但愿每年一次，我这个可怜的人
能像现在这样
跪着承受你脸上的光芒，
但愿我还能够
触动你的手指，用我颤抖的吻！

（小跃 译）

乔苏埃·卡尔杜齐诗选

　　乔苏埃·卡尔杜齐(1835-1907)，意大利著名诗人、文艺评论家。著有诗集《青春诗抄》、《轻松的诗与严肃诗》、《野蛮颂歌》等。1906年诺贝尔文学奖获得者。其授奖辞说"不仅是由于他精深的学识和批判性的研究，更重要是为了颂扬他诗歌杰作中所具有的特色、创作气势，清新的风格和抒情的魅力"。

初 衷

瞧，从冬天懒散的怀抱里
春天又一次升起：
裸露在冰冷的空气中
哆嗦着，犹如忍受着痛疾，
看，拉拉奇，那闪闪发光的，
可是太阳眼里的泪滴？
花儿从雪床中醒来，
怀着极大的惊惶：
急切的目光朝向天空，
然而，比惊惶更多的是渴望，
哦，拉拉奇，一些美好的回忆，
确实在那里闪着异光。
盖着皑皑的冬雪，
他们沉睡在甜梦里，
睡梦中看到了露珠晶莹的黎明，
看到了夏日阳光普照大地，
还有你那明亮的眼睛，哦，拉拉奇，
难道这梦不是一种预示？
今天我的心在梦中酣睡，
悠悠遐思飞向哪里？
紧挨着你美丽的脸庞，春天和我，
站在一起微笑；然而，拉拉奇，
哪里来的这么多眼泪？
难道春天也感到了暮年的悲凄？

（郑利平 译）

飘 雪

雪花从灰暗的天际，
慢慢飘落，
城市里，再也听不到，
呼喊声和生命之音：
既不闻卖菜女人的吆喝声，
也没有辚辚的车声，
更听不到爱情的欢唱，
青春的歌曲。
沙哑的钟声，
从广场塔楼响起，
一下下在空中哀鸣，
像发自远方世界的叹息。
飘泊无依的鸟儿
扑击着暗沉沉的玻璃窗，
知友的亡魂
此刻回到我的身旁。

哦，亲爱的，不久，
（你平静下来，狂野不驯的心啊）
要不了多久，
我即将趋于沉寂，
在阴暗的地方安息

(钱鸿嘉 译)

古老的挽歌

你曾伸过婴儿般小手的
那株树木
鲜艳的红花盛开着的
绿色的石榴树
在那荒芜静寂的果园里
刚才又披上一抹新绿
六月给它恢复了
光和热
你，我那受尽摧残的
枯树之花
你，我那无用的生命的
最后独一无二的花
你在冷冰冰的土地里
你在漆黑的土地里
太阳不能再使你欢愉
爱情也不能唤醒你

(钱鸿嘉 译)

离 别

三色的花儿啊，
星星沉落在
海洋中央，
一支支歌曲
在我心中消亡。

(钱鸿嘉 译)

阿尔卑斯山的午间

在阿尔卑斯广漠的山区
在凄怆暗淡的花岗石上
在燃烧着的冰川中间

中午时分万籁俱寂
四周恬静而安谧
没有一丝清风吹拂松树和杉木
它们在烈日透射下挺直身子
只有乱石间淙淙的水流
像琴儿那样发出喁喁细语。

(钱鸿嘉 译)

在圣彼得罗广场

波伦亚阴暗的塔楼
在清澈的冬日高高耸起，
上面的山丘
在皑皑白雪中欢笑。
当奄奄一息的夕阳
向塔楼和你圣彼得罗教堂
致以亲切的问候，
那才是甜蜜无比的时光。
塔楼的雉堞和侧翼
几世纪来饱经风霜，
庄严的教堂上的尖顶
显得孤单而又凄惶。
天空发出金刚石般的
寒冷而严峻的闪光，
空气像一层银色的面纱，
笼罩在广场之上。
后来又在庞大的建筑物
周围轻轻地消散，
祖先持圆盾的手臂
曾沉郁地把这些巨厦兴建。
阳光在高高的屋顶
流连忘返；太阳
向下张望时，露出
紫色的慵倦的微笑。
烟灰色的石块，与阴暗的
朱红色的砖瓦相映，
似乎要唤醒
几世纪来沉睡的灵魂。
通过凛冽的空气
唤起了忧郁的渴望，
令人怀念红色的五月。
也使你向往夏夜的芬芳。
那时，优雅的女士们
在广场上翩翩起舞，

而执政官和凯旋的国君
也一齐回到彼处。
对于徒然追求
古典之美而为之震颤的诗,
缪斯远远避之,
哑然失笑,嗤之以鼻。

(钱鸿嘉 译)

晨

太阳拍打着你的窗,并且说:
快起来,美女,已是爱的时刻。
我给你带来了弹琴的愿望,
以及玫瑰之歌将你唤醒。
我愿把我的辉煌王国奉献,
带你到四月和五月的山谷,
让这美丽时光驻足
停在你如花的美丽年华。
风拍打着你的窗,并且说:
我走过的山川太多太多!
今天整个大地只有一处风和日丽,
为死者和生者只有一支歌。
绿树丛中的鸟巢这样呼吁:
"时间归来吧,我们相爱,相爱,相爱。"
重新长出花的坟墓在叹息:
"时间飞逝,你们爱吧,爱吧,爱吧。"
我的思想拍打着我的心,那是
一个开满鲜花的美丽花园,
并且说:可以进来吗?
我是一个悲伤的长途跋涉老者,
我累了,我想休息。
我想躺在这可爱的五月里,
做一个从未做过的美梦;
我想躺在这种欢乐中
梦着从未属于我的幸福。

(刘儒庭 译)

罗德亚德·吉卜林诗选

  罗德亚德·吉卜林(1865-1936),英国作家、诗人,生于印度。1907年诺贝尔文学奖获得者。1886年发表第一本诗集。其诗多以英国殖民者的军旅生活为题材。主要作品有诗集《军营歌谣》、《七海》、《王国》,小说集《丛林之书》等。

终 曲

我们祖祖辈辈的上帝呀,
我们辽远的战线之主,
我们在你可怕的手下
得以统治椰树与松树,——
万军之主啊,别遗弃我们,
教我们默记,默记在心!
骚动、喧哗都将沉寂,
国王、长官寿数将尽:
留下的只有你古老的祭
和一颗谦卑忏悔的心。
万军之主啊,别遗弃我们,
教我们默记,默记在心!
我们的舰队在远洋消失,
火光在沙洲、海角熄灭:
看我们盛极一时的昨日
归入了亚述、腓尼基之列!
万国的主宰,宽恕我们,
教我们默记,默记在心!
如果我们陶醉于强权,
出言不逊.对你不敬,
像异教徒一般口吐狂言,
像不识法律的少数人种——
万军之主啊,别遗弃我们,
教我们默记,默记在心!
为了异教的心——它只信赖
冒臭气的枪管和铁皮,
尘埃上造楼——称雄的尘埃!
而且还不肯求助于你,
为了狂言、蠢话和吹嘘——
饶恕你的子民吧,上帝!

(飞白 译)

"卷毛种"
——苏丹远征军之歌

我们在海外同许多人都交过战，
有一些人真是好样，另一些却不咋样；
祖鲁人、缅甸人、还有阿富汗人，
可是卷毛种在他们当中比谁都棒。
咱从他手里连半分钱找头也得不到，
他蹲在丛林里割我们的马腿最内行，
连我们总部的哨兵都被他宰掉，
他耍得我们的部队晕头又转向。
敬你一杯，卷毛种，在你家乡在苏丹！
虽说是蛮族异教徒，你却是一级战斗员，
我们给你开个证明，如果要签名，
我们随时可以奉陪，只要你高兴。

我们在阿富汗山地试过晦气，
布尔人远距离的冷枪打得咱发蒙，
缅甸人把我们沉到伊洛瓦底江底，
祖鲁军拿我们做火锅手艺真精通。
不过这一切不过是点儿小意思，
给我们吃最大苦头的要数卷毛种。
报纸上说我们坚守阵地真神气，
可是一对一，卷毛打得咱毫无招架之功。
敬你一杯，卷毛种，还有你老婆和小孩，
咱奉命令要打垮你，所以咱就往前开。
咱把枪弹往你身上淋，这当然不公正，
但尽管装备不平等，卷毛攻破了我们的方阵！

他没有自己的报纸给他作宣传，
他没有勋章也没有任何酬劳，
他就是用双手挥舞刀和剑，
咱不得不承认他有技巧；
他灵活地跳跃出没在丛林间，
拿着棺材头盾牌和铲头矛。
只消同冲杀的卷毛快快活活玩一天，
够咱健壮的英国大兵整整一年受不了。
敬你一杯，卷毛种，还有你牺牲的伙伴，
要不是咱也损兵折将，咱愿帮你来悼念。
不过事实证明，咱们两家买卖还公平，
虽然你们损失重，却打垮了我们的方阵！

只要咱一放枪，他就冲着冒烟的地方上，
刀砍上咱脖子，咱还不知是咋回事。
他活着就像热沙一样又辣又滚烫，
他死了也很难说他是真死或假死。
他是好种，他是好汉，他是好羊羔！
在狂欢中他是印度橡皮做的傻小子。
在世界上恐怕只有你这卷毛
把大英步兵团看得一文不值！
敬你一杯，卷毛种，在你家乡在苏丹！
虽说是蛮族异教徒，你却是一级战斗员，
敬你一杯，一头乱草似的卷毛人，
能蹦善跳的黑大汉，你攻破了大英国的方阵！

(飞白 译)

莫里斯·梅特林克诗选

莫里斯·梅特林克（1862-1949），比利时著名剧作家、诗人，后期象征派的中坚人物之一，1911年诺贝尔文学奖获得者。代表作是剧本《青鸟》(1908)。早年写诗，著有诗集《暖室集》(1889)。他的诗有较强的现代精神，被视为现代主义诗歌的先驱和开拓者，有时他的诗里有些潜意识成分，并有将外部世界与内心世界融为一体的倾向。

假如有一天他回来了

假如有一天他回来了
我该对他怎么讲呢？
——就说我一直在等他
为了他我大病一场……
假如他认不出我了
一个劲儿地盘问我呢？
——你就像姐姐一样跟他说话
他可能心里很难过……
假如他问起你在哪里
我又该怎样回答呢？
——把我的金戒指拿给他
不必再作什么回答……
假如他一定要知道
为什么屋子里没有人？
——指给他看：那熄灭的灯
还有那敞开的门……
假如他还要问，问起你

临终时刻的表情?
——跟他说我面带笑容
因为我怕他伤心……

(施康强 译)

歌

三位姐妹想死去,
她们摘下自己的金冠
去寻找自己的死亡。
她们来到森林:
"森林啊,请您把死亡赠给我们,
我们赠你三顶金冠。"
森林微笑起来,
吻了她们十二下,
这向她们指出了未来。
三个姐妹想死去,
她们于是去找大海,
走了三年到了海边:
"大海啊,请赠我们死亡,
我们赠你三顶金冠。"
大海哭了起来,
并吻了她们三百个吻,
这向她们指出了过去。
三个姐妹想死去,
她们去找城市,
在一座孤岛上找到城市:
"城市呵,请赐我们死亡,
我们赠你三顶金冠。"
城市张开臂膀,
用热吻将她们全身吻遍,
这向她们指出了现在。

(葛雷 译)

老的歌谣(其三)

我找了三十年,妹妹们,
它在哪儿藏住了?
我走了三十年,妹妹们,
连个边也没沾到……
我走了三十年,妹妹们,
脚儿累得不能抬,
当初它到处是,妹妹们,

原来它并不存在……
时候是凄凉的,妹妹们,
脱掉你们的板鞋,
黄昏也在死亡,妹妹们,
我的魂儿痛难挨……
你们是十六岁,妹妹们,
该去尽朝远处跑,
拿起我这棍儿,妹妹们,
也去和我一样找……

(范希衡 译)

谣 曲

他们杀了三个小姑娘,
要看看她们心里有些什么。
第一颗心里盛满了幸福,
她的血洒过的地方,
有三条毒蛇诅咒了三年。
第二颗心里装满了甜蜜的和善,
她的血溅过的地方,
有三条羊吃了三年茂草。
第三颗心里充满了痛苦和悔疚,
她的血流过的地方,
有三个大天使看守了三年。

(施蛰存 译)

魏尔纳·冯·海顿斯坦诗选

　　魏尔纳·冯·海顿斯坦(1859-1940),瑞典著名抒情诗人和小说家,1916年诺贝尔文学奖获得者。他的作品主要以自己的家乡和瑞典民族为主题,作品涉及的领域很广,有诗歌、散文、政论和小说等。诗作主要有《朝圣与漂流的年代》(1888)、《诗集》(1895)、《人民集》(1899)和《新诗集》(1915)等。

家

我渴望回到森林中的家园。
那草地上的一条小路。

那海岬上的一座小屋啊。
那里的果树还能采到大苹果吗?
被风吹拂着的庄稼
是否还在嘘嘘的响着摇晃?
在我扎过帐篷的地方
是否还有钟声
有节奏地在夜间敲响?
那儿长存着我的记忆?
那儿会活着我的死亡?
我吝啬地用着漫长的岁月,
那是我的命运在灰色线上摇动的岁月吗?
我像个阴影一样生活,
我的记忆也在阴影中活着。
树和小屋并不靠近,
屋门还在沉沉地锁着。
台阶上堆积着的
是被风吹聚在一起的
枯叶的地毯。
让别人去狂笑吧,
让新的潮水
在桥下过分宽阔的溪谷里
去汹涌流淌,
我不想听,也不想说,
我坐在我的屋子里,
在窗户旁,独自凝思。
那里是我的王国。
当他们闭着眼睛坐着,
永远不要以为他们老了。
我们离开的那些人,
我们抛弃的那些人,
很快就会失去香味和颜色,
如同花朵和青草,
我们从心中撕碎
一个名字,就像从你的窗框上
擦掉陈迹灰尘。
他们站起来那么高大,
就像高大的幽灵。
他们给大地
和所有你的思想披上阴影,
你的命运将会如何呢,
每晚回到家中
如同燕子回窝一样。
一个家! 这是安全可靠的地方,
我们筑起围墙来使它安全可靠

——我们自己的世界——这惟一的
在世界上我们所建立的家。

(石琴娥 雷抒雁 译)

春天的时刻

现在,人们对死者感到遗憾,
他们不能在春天的时刻里
沐浴着阳光
坐在明亮温暖的开满鲜花的山坡上。
但是,死者也许在轻轻细语
讲给西洋樱草和紫罗兰,
没有一个活着的人能听懂。
死者比活者知道得更多。
当太阳落山时,
也许他们将比我们更欢快地
在夜晚的阴影中游荡,
那些神秘的思想,
只有坟墓才知道。

(石琴娥 雷抒雁 译)

千年之后

在遥远的空中晃动着的,
是森林里一个农庄闪烁的记忆。
我叫什么? 我是谁? 我为什么哭泣?
把一切都忘记吧,就像猛烈的风暴
旋转着在世界上消失。

(石琴娥 雷抒雁 译)

思维之鸽

思维之鸽孤孤单单地
穿过暴风雨,拖曳着翅膀,
在秋湖的上空飘摇。
大地在燃烧,心潮在激荡,
追求吧,我的鸽子,可千万
千万别误入遗忘之岛!
那一时的狂焰,不幸的鸽子啊,
会不会把你吓得昏厥?
在我手中歇一会儿吧。你被迫沉默,

你已受了伤，快在我的手中躺下。

（雨林 译）

最艰难的道路

你紧紧压住我，黑暗的手，
沉重地在我的头上停留。
可我要勇敢地给自己戴上花冠，
我发誓要挺住，决不悲愁。
明媚春光中鸟禽的哀鸣，
不同于老人的苦闷担忧。
我周围云集着寒凉的阴影。
最艰难的道路依然要走。

（雨林 译）

终　点

当你登上最高的山顶，
在夜晚的清凉下俯瞰大地时，
人啊，你只会变得更加聪明。
在道路的终点处，
停下歇一会儿，看一看过来路，
君王啊，那儿全都和谐、清楚。
青春的年华又再次熠熠生辉，
如往昔撒满灿灿金光和晨露。

（雨林 译）

在枫树的黄昏里

在枫树的黄昏里
竖一根倾斜的十字架，
那里，有一个声音在低语，
慢慢地，犹如远方教堂的钟声：
挖第一锹时，我想起青春的岁月；
挖第二锹时，我想起我的罪过；
当第三锹黄土撒落时，
我想起每一句肺腑之言。
每个善意的行为，
我们曾默默交换，像交换腼腆的礼物。
这记忆是我手上的花朵，
它含苞怒放，永不枯萎。

（李笠 译）

卡尔·施皮特勒诗选

卡尔·施皮特勒（1845-1924），瑞士著名诗人，用德语写作，1919年诺贝尔文学奖获得者。代表作是叙事史诗《奥林匹斯山的春天》（1905）。

含笑的玫瑰

一位公爵的女儿，
嗑着果仁，
在清清小溪边漫步。
一朵小玫瑰，
艳红零落白绦丝丝，
扑在林地凋萎干枯。
她虽不堪硬土的欺凌，
可嘴边依然笑意流露。
"告诉我，小玫瑰，
你的生命力从哪来，
凋零中，
还那样笑口常开？"
几经挣扎，
玫瑰把头抬，
气吁吁，
轻声诉说：
"我闯过天堂曲径，
受泽于仙境草地，
天国的花香，
在我身旁轻吹。
纵然今朝红消香断，
我也要含笑魂归！"

（马君玉 译）

神　签

金鱼池水清如镜，
妙龄公主对镜凝笑影。
戒指投池心，
暗自哦吟：
"嘀！明镜清波，

魔术一般，
给我一签，
为我占卜！"
瞧，青水碧池彩云飞，
袅袅向东飘拂。
哎！西天翻墨恶风吹，
欲把彩云吞没。
公主跃身枝条找，
青镜怒敲水波摇。
舞步莲花满园绕：
"全都是欺骗，
全都是鬼妖！
年轻，美貌，
才是我真实的写照！"

（马君玉 译）

乐天的水手

英勇水手六个，
兴高采烈，欢腾雀跃，
晨风中"嘿嘿，哈哈！"
他们狂欢乱叫。
大海喧腾，
卷走了给养，吞尽了货物，
五水手悲叹呼号：
"哦，苦命啊，苦命！"
可有一水手高喊"乌拉！"
眼看他自己的财物尽付汪洋，
对他的欢乐，对他的高兴，
伙伴们尽迷惘。
"我两次遭灾难，
洪水滔滔，
早把我的家园，我的细软，
吞噬一空。"

（马君玉 译）

新诗经典
CLASSIC NEW POETRY

LU LI
鲁藜

〔1914—1999〕

　　原名许图地，福建同安人。"七月"诗派代表诗人。童年随父母侨居越南，做过小工、小贩、流浪者。1932年回国考入集美乡村师范实验学校，发表处女作《母亲》。1933年加入反帝大同盟。1936年参加左联，同年加入中国共产党。1937年到安徽从事教育工作。1938年入延安抗大学习。曾任晋察冀军区民运干事、战地记者。建国后，历任天津市文学工作者协会主席，中国作协第四届理事、天津分会主席，《诗刊》编委等。1955年因"胡风集团"事件蒙冤入狱25年，1981年获平反。

　　著有诗集《醒来的时候》、《时间的歌》、《天青集》、《山》、《鲁藜诗选》等。

鲁藜诗选

流浪之歌

在那辽远的辽远的南方,
秋暮的狂云还留着落阳的余光,
我是从那儿来的呀!
金色的稻浪,告诉我又是一年的流浪。

平芜上有寒鸦在低徊,
枯草漂沉在日落的河边,
在那天与地的交横线上,
我望不到那翠色的家乡!

田畴似海一般地在夜幕里深沉,
狂风在主宰着落叶与行云的命运;
宇宙战抖在黑暗里,我要似
倔强的桥灯,伴着寂寞的河流的呜咽。

星

星
各种各样的星
分布在延河上
没有星的夜是沉黑的
然而,星将会出来
星在永远引导我们前进

星不是落了
星不是谢了

星在引导我们向黎明

黎明时
有的星老了披着白发死去

而年轻的星奔出来
天空永恒地飘走着星
漂流着星的喜耀……

山

在夜里
山开花了,灿烂地
如果不是山底颜色比夜浓
我们不会相信那是窑洞的灯火
却以为是天上的星星

如果不是那
大理石般的延河一条线
我们会觉得是刚刚航海归来
看到海岸,夜的城镇底光芒
我是一个从人生的黑海里来的
来到这里,看见了灯塔

城

城老了
可是,春天绿草和他恋爱
他年轻了

也不怕羞，在胸前挂着百合花

黄野菊，喝酒花
喝酒花有一天问他：
"你醉了吗？
你没有经过这样的快乐"
"我没有醉
我比过去要清醒
我打回旧时的路
转上新的路
我要比从前有力量"

野　花

野花生长在荆棘里
好像理想活跃在监狱
在河边，我们走
崖上野花向我们点头

望着野花
我们不再怕艰难的道路
野花要结实
我们的理想要开花

红的雪花

冬天，在战斗里
我们暂时用雪掩埋一个战死的同志
雪堆成一座坟
血液染着它的周围

血和雪相抱
辉照成虹彩的花朵

太阳光里，花朵消融了
有种子掉在大地里

纪念塔

塔，建立在太行山上
树林环绕着它

太阳起来
照着塔顶
太阳西下
留下塔影

月亮从塔上飞过去
星星从塔边流走
秋天的叶落了
冬天的雪就来装饰塔

夜间，天河像一条银链
挂在塔的两边
塔矗立着
从黑暗到光明

塔不会说话
塔会倾听，夜莺飞来为它歌唱

塔永远缄默
正如死去的英雄
一样的庄严，肃穆，神圣

塔不会死
正如伟大者的死不是死而是永生
日月星辰
要从塔上自起自落
无穷的年代
要从塔下涌来……

森林之歌

啊，高大的，英俊的桦林
你向我站立着
你用敏感的枝叶向我欢呼

我望到你
我的心也宽广
我也高大，我也欢呼

我知道，你是田野的兵士
你是山岭的英雄
你是狂风暴雨中的伙伴

我爱你，我走进你们的行列
让我在你们爱抚之中
唱森林的战斗的欢乐的歌曲吧

春　天

春天，野丁香花开了
用她的黄色的花蕊
点缀着我们斗争的田野

春天，没有忘记
在炮火里的我们
我们　斗争里也没有忘却我们的春天

春天照样来
野丁香花照样开
我们兄弟们采摘着她
在大路上，大踏步地走着，走过

泥　土

老是把自己当作珍珠
就时时有被埋没的痛苦

把自己当作泥土吧
让众人把你踩成一条道路

草

1

我要新生，我是绿草
我要伸出嫩绿的小手去接取阳光
让黑夜留下的泪滴消融
我欢喜，我生长在新的土地上
我永远沐着和蔼的光和甜蜜的雨
我要用我小小的生命
装饰着黄色的山谷

2

我是绿草
我的装束很朴素
也没有美丽的花蕊……
可是，我是春天的信号
人们看见我而高兴
盛夏，劳动的人们
喜欢躺在我的怀里休憩
到秋天，我就枯萎
我准备火种给严寒的世界

星的歌

我是一颗小小的星
我有很多纯洁的姊妹兄弟
我喜欢他们，我爱他们
我在孤独的时候就怀念他们
我知道，我和他们在一起的时候
我才感到快活，
才感到美丽
我的光亮和他们的光亮
联在一起，世界就永恒地流着理想的河

雾

雾在山谷中沉睡
太阳起来就唤醒她
可爱的纯洁的姑娘
她也不梳直她的发就跑了

她匆匆辞别了山谷
她使热情的绿草为她垂泪
她渐渐升起，升起溶化在阳光里，她要在湛蓝的
　　夏空里结成一朵白蔷薇

勇敢的战士

勇敢的人，勇敢的战士
永远只懂得向前迈进
为了党的理想，

我将奋斗到底
我，共产党员，永远是新生命
永远是青春的化身
一切的烦恼如同夕暮
我不愿在落日之前徘徊
我爱一切属于未来的事物
我爱一切美丽的晨光
在我们行列里，没有多余的生命

我是蚯蚓

我是蚯蚓！哦
我高兴，我是蚯蚓
我吃的是泥土
我拉的是泥土
我住的是泥土
我劳作的是泥土
我和泥土一同呼吸
每年春夏秋冬
泥土上有劳动果实
我是蚯蚓，哦
我高兴，我是蚯蚓
我不知道什么叫享受
我只知道劳作劳作
直到我和泥土埋在一起
我又肥沃了泥土

千万只手

在一个激烈的战斗里
我们那个卫生员他曾用他的双手
捆扎过一百五十个彩号
一颗迫击炮弹落在他的旁边
把冰河上的桥打断了
也把他的左手打落
他奋力爬过对岸
向战士们说："看看我的手
敌人使我做不了救护工作
我还有右手，给我枪
我们要冲过去……"
他的话就像他断手上的鲜血

渗入千万个战士心里
千万只手都拿起武器
从烂冰河上跑过去
从断桥上爬过去
从一切障碍物里冲过去
用手撕开缺口
用手从地堡的射孔里扔出炸弹
用手把火力压倒敌人的火力
用手扼死了仇敌的反抗
用手开辟了胜利
用手将幸福交给人民
用手把光明献给世界

母　亲

在一个风雨的晚上
我看见窗前一棵树
忽然想起我的母亲
我的母亲就像这棵树
她默默地守望着我
任何时候好像都在我的身旁

啊，树啊，你凝立着
整天整夜你轻轻地呼吸着
我病倒在床上的时候
你也在那里站着
我远航的时候
你也在原野上站着

我的母亲啊
你的爱是那么深
世界上没有什么比它更深沉
但你从来不说一句话
你的心无论受什么苦
你总是那样仁慈地微笑

你虽然很老了
但你的枝桠还负载着窝巢
为了一切新的生命
你挡着风雨和冰雪
你在深夜温暖着孩子的梦
你在清晨召唤着曙光和晨风

你是那样沉静地望着我
好像望着你心上的花朵
我也永远不能把你忘记
好像树根深植在土地里
我离开你二十多年过去了
我还是那样天真地怀念你

如果有那么一天
在世界的一个角落里找到了你
善良的高大的树啊
我会迸发着泪花投进你的怀里
啊，神圣的乳水，圣洁的露水
永远激涌在我的生命里。

给沙玛

一

当晚霞浸染着湄公河
我看见你赤着脚站立在水中微笑
当椰子树穿上夜雾
我看见你的长发飘拂在我的梦中

二

我们常常邂逅在路上
遥遥相望，默默无言
那时你母亲把我们阻挡
如今是茫茫大海

三

那一天我悄悄走进你的家园
刚巧你出了门，没有话别
我走了，摘取你窗前一朵丁香
走向我漂泊和流亡的道路

四

那一天，我离开了你
海浪托着小舟把我送向天涯
从此，我心灵的伴侣
是天上一轮明月和世界的风暴

五

啊，数十载已经过去了
你还亭亭玉立在我的心中
白绫头巾飘在你的柔发上
就像蓝海上一朵轻云。

一位忧患于时代的歌者
——鲁藜新诗导读

□ 马礼霞

鲁藜,原名许图地,1914年出生于厦门市翔安区内厝镇许厝村的一个贫困农民家庭,三岁随父母背井离乡,流落在越南湄公河畔。因家境贫寒,鲁藜读到高小一年级便辍学在家,很小就开始自谋生路,当过面铺学徒,做过街头小贩,还在码头干过磅手等苦活。直到1932年,他才回到祖国的怀抱。然而,当时中国正值豺狼当道,到处充满剥削、压迫、腐败和堕落,在同窗好友陈剑旋的引领下,鲁藜开始投入火热的时代生活,跨越了大革命、抗日战争、解放战争和十年文革浩劫,身心备受折磨和摧残,他自嘲是"忧患的宠儿"。鲁藜以诗歌鼓舞人民抗争的斗志,在战争"炼狱"里凤凰涅槃,成为了一位杰出的时代诗人!

鲁藜从战火纷飞中走来,尝尽人世悲苦,诗歌创作与忧患坎坷的人生相生相伴。"他身上带有一种艺术殉道者的崇高精神,把终生都钉在诗歌的十字架上"(蔡鹤影:《在诗歌的十字架上:鲁藜评传》,厦门大学出版社,2010年版,第256页)。鲁藜一生创作了10部诗文集,3部散文和小说集。纵观鲁藜的诗文创作生涯,主要经历了战争时期、建国初期和改革开放后三个创作高潮。1935—1937年初,鲁藜先后以鲁加、鲁莽、怒隶等笔名在上海《生活教育》、《读书生活》和《光明》上发表诗文。1938—1942年间,鲁藜从上海经安徽至武汉再辗转到延安抗日根据地,同周而复等作家深入晋察冀根据地,催生了第一个创作高峰,组诗《延河散歌》在胡风主编的《七月》(1939年12月)上发表。1942年,诗集《醒来的时候》被收入《七月诗丛》,鲁藜成为"七月"诗派的代表诗人之一。解放战争前后,在血与火交织的岁月中,诗人用手中的笔既鞭挞黑暗的社会,又讴歌战斗中的青春,迎来了第二个创作高潮。组诗《第二代》于1945年在《希望》上发表,《泥土》成为许多进步青年的座右铭。1953年上海新文艺出版社又出版了他的诗集《时间的歌》。1955年受到牵连身陷囹圄,蒙受了长达25年的冤屈,被迫停笔。1979年恢复工作重返诗坛,迎来了第三个高潮,写出了《云之歌》、《我的小屋》、《贝壳》等名篇。《天青集》、《鹅毛集》、《鲁藜诗选》都在1983年出版。鲁藜一生忧患坎坷,却是时代的歌者,在人们心中矗立起一座永久的丰碑。

1

鲁藜始终秉持"泥土"精神、"蚯蚓"情怀,以一颗拳拳赤子之心歌唱血雨腥风中的每一线阳光，充盈的精神力量感染了每一位读者。其诗作取材广泛，格调清新，情感丰富，思想深邃。主要表现在以下四个方面：

一是对故乡的眷恋、对亲人的思念。《流浪之歌》是诗人最早的诗歌作品之一。他自幼随父母流落他乡，漂泊无根的孤寂触发了他对故乡的深情。"在那天与地的交横线上／我望不到那翠色的家乡！""狂风"、"稻浪"、"寒鸦"、"落日"、"田畴"牵引着诗人翘首北望，然而穿不过的暮霭，何处是家？"宇宙战抖在黑暗里，我要似／倔强的桥灯，伴着寂寞的河流的呜咽"，对故乡强烈的思念与同黑暗对抗的坚强意志得到充分体现。1932年诗人护送老父回乡，却与在越南湄公河畔流浪的亲人天各一方，至死都未能与他们谋面，这成为诗人心中永久的缺憾。十年后，当诗人在抗战后方延安收到母亲从南方寄来的照片，激起了他对母亲深切的回忆，以一首娓娓道来的长诗叙写了母亲的伟大。"穷人有穷人的骄傲／我们绝不向有钱的亲戚伸手／人家有丧事了／母亲就去帮死人穿寿衣／人家有喜事了／母亲就去帮着摆酒席／有女人临盆了／母亲就来帮着接生……"体弱志坚的母亲激起诗人回顾悲痛的往昔，追索明天在延河边升起的太阳。二十年后，鲁藜再次以《母亲》为题，抒发对慈母的百般想念，母亲化作窗前的一棵树，默默地把他守望。"你是那样沉静地望着我／好像望着你心上的花朵／我也永远不能把你忘记／好像树根深植在土地里／我离开你二十多年过去了／我还是那样天真地怀念你"。甚至诗人幻想与母亲相遇的那么一天，"我会迸发着泪花投进你的怀里"，着实催人泪下。辽远的南方不仅承载着诗人对母亲的想念，还有对童年女友沙玛的温情回忆。虽然鲁藜在曲折的人生长路上，也经历了两段浪漫的爱情，但用如此温馨、精巧的小诗表达对女友的怀念，实属罕见。"当晚霞浸染着湄公河／我看见你赤着脚站立在水中微笑／当椰子树穿上夜雾／我看见你的长发飘拂在我的梦中"，诗人用酣畅的诗笔和美丽的风景描绘记忆中沙玛曼妙的姿影，朦胧的爱情就像穿过椰子树缓缓升起的夜雾般令人陶醉。初恋的旋律被编织成一幅美丽的图画，洋溢着人间温暖的情意。然而，鲁藜失学，沙玛母亲强行终止自己女儿与之继续交往，从此沙玛亭亭玉立的形象，慢慢沉淀在诗人的心中，化作"心灵的伴侣"。

二是抒发对自然的热爱之情。自然是展示诗人心灵和人格的一个重要侧面，美丽多彩的自然景物，成为了诗人寄托情感的重要意象。1938年秋，鲁藜从皖北辗转来到延安。与复杂多变的国统区氛围相比，延安是一个自由的圣地，那里崭新的生活气象令人欢欣鼓舞，鲁藜以浪漫主义的情怀，歌咏延安的山河城池、花草树木、日月星辰……正是这种青春的放歌，凝结了诗意盎然的《延河散歌》。《星》以"星"的自然意象来象征理想圣地。"星／各种各样的星／分布在延河上／没有星的夜是沉黑的／然而，星将会出来／星在永远引导我们前进"。在漆黑的旷野里，诗人仰望星空，满天的星斗引发了诗人的玄想，正是"星"的"光耀"引导有志之士奔赴延安。诗人甚至畅想"黎明时／有的星老了披着白发死去"，"年轻的星奔出来"，在诗人眼里，"星"既是光辉的自然天象，又象征着热血青年的前赴后继。在《山》中，"在夜里／山开花了，灿烂地／如果不是山底颜色比夜浓／我们不会相信那是窑洞的灯火／却以为是天上的星星"，诗人并未集中对山进行实写，而是虚写，给读者造成既写山又不是写山的幻觉，为山披上了一层神秘的外衣。"山"的意象表达了诗人的心声，在延安找到了人生的方向，"我是一个从人生的黑海里来的／来到这里，看见了灯塔"，我们能真切地感受到一股喜悦和激情在诗人的心底流淌。诗人以《春天》热情地歌咏自然的永恒。"春天，野丁香花开了／用她的黄色的花蕊／点缀着我们斗争的田野"，不管世事如何变幻，无论战争怎样暴戾，自然界依然按照自然规律按部就班地运行，四季交替，照样冬去春来，春暖花开，生生不息，野丁香花就是这样悄然绽放在战争的田野。战争的田野一定是满目疮痍，颓废不堪，而带有黄色花蕊的野丁香花却充满生机，诗人把美丽的野丁香花同血腥的战争并置在一起，形成强烈的对比和视觉冲击。

三是歌颂无私奉献的崇高精神。高强度的肃反审查，使鲁藜陷入了痛苦的深渊，从1943年到1944年间心情格外郁闷。诗人在痛苦中酿就了《泥土》，表现了延安知识分子心态上的转变，"老是把自己当作珍珠／就时时有被埋没的痛苦"，"把自己当作泥土吧／让众人把你踩成一条道路"。几年后，鲁藜在《冬之歌》中进一步强化了这种"泥土"般的人生态度，"永远把自己当作平凡的人／就会工作得更刻苦，更踏实，更好／心灵就获得平静／而人生的明镜就变得更清晰"，放低自己的心态，更能抵御外界强大的敌对力量，也才能获得心灵的一方净土。这同时也折射出诗人甘愿为社会、为时代无私奉献的人生价值观。在《泥土》的姊妹篇《我是蚯蚓》中，鲁藜又自比"蚯蚓"，"我高兴，我是蚯蚓／我不知道什么叫享受／我只知道劳作劳作／直到我和泥土埋在一起／我又肥沃了泥土"，在"劳作"中奉献自我，直到生命的最后一刻，"和泥土埋在一起"，但这种奉献是有价值的，"我又肥沃了泥土"，诗人在劳动和奉献中完善自己的生命，使他的生命在人生的长河中得到升华。这种无私奉献的高贵人格一直伴随着鲁藜穿过人生的狂风暴雨，直至人生暮年，他仍然尽情歌唱人类这一闪耀的精神品格。在《蜜蜂之歌》中，鲁藜把诗人比作蜜蜂，"诗人在人间采炼诗句／我在花间采炼金液"，"诗人将生命的芳醇献与人间／我将生命的珍酿献与世界"，如同泥土中的蚯蚓一样，蜜蜂也是人间最勤劳的生灵，采花酿蜜，永不停歇，这透露出诗人对自身生命价值观念和生命意义的冥想。这种永不停歇的耕耘者精神，不仅是诗人内心的写照，更是诗人整个一生精神底蕴的反映。在《草》中，诗人将主观的智性思索融入到"草"这一自然意象中，展示了诗人乐观的精神世界和崇高的自我人格。"我要新生，我是绿草"，大地上平凡的小草却有着强劲的生命力。"我要伸出嫩绿的小手去接取阳光"，折射出诗人小草般乐观、豁达、积极拥抱生活的人生态度。小草是春天的信号，在夏天为劳动的人们提供休憩的场所，虽然在秋天枯萎，却给严冬准备火种。小草用自己小小的生命奉献给世界，传达了诗人崇高的奉献精神，使诗人感悟了生命的意义。经过多少血与火的淬炼，鲁藜不正是像泥土，像蚯蚓，像蜜蜂，像小草一样总不止息地、默默地劳动着、奉献着吗？

四是讴歌战斗中的青春。鲁藜从人生的黑海中走来，经历了千百次的考验，经过大革命的血海，经过抗日战争的火海，经过解放战争的洪流，亲眼目睹了战争的血腥与暴戾，用闪光的语言留下了真实的灵魂。在《勇敢的战士》中，诗人写"勇敢的人，勇敢的战士／永远只懂得向前迈进／为了党的理想，／我将奋斗到底"，坚定的革命理想赋予他们坚强的性格和美的灵魂。在《千万只手》中诗人讲述了在一次激烈的战斗中，一个卫生员的左手被敌人的迫击炮炸断了，但他并未倒下，而是振臂高呼，"我还有右手，给我枪／我们要冲过去……"他的话语给予千千万万个战士无穷的信心和力量，"千万只手都拿起武器"，"从一切障碍物里冲过去"，"用手撕开缺口／用手从地堡的射孔里扔出炸弹／用手把火力压倒敌人的火力／用手扼死了仇敌的反抗／用手开辟了胜利／用手将幸福交给人民／用手把光明献给世界"。显然，诗人是怀着巨大的心灵震撼来创构这首战斗小诗的，七个"用手……"的平行诗行汇聚成了排山倒海之势，把敌人打得落花流水。诗人热情地赞颂了这个以生命谱写战斗诗篇的卫生员，讴歌了成千上万为缔造新中国的赴汤蹈火者。鲁藜曾说："诗是时代的声音；诗人，是时代的尖兵。一首诗能否表达时代的声音，关键在于诗人是否正视现实，投身现实斗争"（鲁藜：《鲁藜诗选·序》，人民文学出版社，1983年版，第6页）。鲁藜深入敌后参与战斗，以雄浑激越的基调镂刻了战士们的铮铮铁骨和不屈的灵魂，充满了浓厚的时代色彩。他歌唱战斗中的青春，也礼赞为人民、为祖国的利益而献身的英烈们。《树》、《夜葬》、《红的雪花》和《纪念塔》都寄托着诗人对阵亡的战友深切的哀思。在《树》中，诗人和战友张得海在滹沱河边种了一棵树，"第三年，听说张得海挂彩了"，诗人为此伤心不已，把这棵树视作他们之间永久的革命情谊的象征。在《夜葬》里，诗人通过对行军途中一个简单的葬礼的叙写，抒发了诗人沉痛的悼念之情和崇敬之意。《红的雪花》是一首构思别致，意味深远的小诗，对在战斗中牺牲的战友，来不及掩埋，就用雪临时盖上，战士身上殷红的鲜血染红了周围洁白的雪地，"血和雪相抱 / 辉照成虹彩的花朵"，虽然战士的生命终结了，但他的精神却在天地间绽放出一朵七彩的花朵，诗人对战友的哀悼并没有流露出完全的凄凉，反而显得有几分凄美。最后，"太阳光里，花朵消融了 / 有种子掉在大地里"，这是写得最精妙的诗行，是什么"种子"掉在大地里？这不禁引人遐想，也许是对敌人仇恨的种子，或许是革命的种子。这粒种子掉在大地里，因为有深厚的根基，它将发芽成长，这预示着将来不再有"红的雪花"，而是一个银装素裹无比纯洁的世界、一个和谐安宁的世界！纪念塔是延安一个鲜明的地理意象，诗人运用想象和联想，把塔的存在和人的存在在交织中互相观照，从而让纪念塔产生了明显的象征意蕴。首先是人的存在发现塔的存在。鲁藜曾在1940年代初作为战地记者，奔赴抗战前线，与晋察冀军民共生死，所以诗人发现这座塔的地理位置，"塔，建立在太行山上"，无论白天还是黑夜，塔都巍然矗立在太行山上，无论严冬还是酷暑，塔也依然屹立在太行山上。"太阳起来 / 照着塔顶 / 太阳西下 / 留下塔影"，"月亮从塔上飞过去 / 星星从塔边流走 / 秋天的叶落了 / 冬天的雪就来装饰塔"。同时，塔的存在又见证了人的存在、万物的存在。虽然"塔不会说话"，但"塔会倾听"，诗人让塔获得了一种主体性，"塔"能"听见"夜莺凄厉的歌声，"看见"日月星辰"从塔上自起自落"，还"关注"到人类的历史，"无穷的年代 / 要从塔下涌来……"，由此"塔"获得了一种永恒，"塔不会死 / 正如伟大者的死不是死而是永生"，诗人很巧妙地把"塔"的永恒存在性与英烈们永垂不朽的精神汇集在一起，"塔"就获得了深远的象征意蕴。

2

鲁藜生不逢时，一生坎坷，却以饱满的热情投入时代的洪流，热爱祖国、热爱人民的情愫赋予他创作的灵性，使他成为时代的歌者。周而复曾高度赞扬挚友："鲁藜一生就是一首悲壮的诗，在他痛苦的深渊里浮出彩霞的光彩。"（蔡鹤影：《在诗歌的十字架上：鲁藜评传》，厦门大学出版社，2010年版，第257页）纵观其诗歌，既有叙事诗、抒情诗，也有哲理诗，具有深刻的哲理内涵，感人至深。因此，他的诗歌不仅受到朱自清、胡风、艾青等大家的赞赏和推崇，在广大读者中也得到了普遍好评。主要表现在以下四个方面：

其一，借景抒情、托物言志。鲁藜的诗歌创作一开始就以自然地理意象为歌咏的对象，生动清新、朴实无华，从而歌唱祖国、礼赞光明、展望未来，特别是《延河散歌》表现得尤为突出。这组诗主要通过对延安的山川河流、花草树木及日月星辰等自然意象的描写，咏赞延安古城红红火火的革命新生活。在《城》一诗中，"城老了 / 可是，春天绿草和他恋爱 / 他年轻了 / 也不怕羞，在胸前挂着百合花"，表面上诗人用拟人手法大力赞美延安老城这个意象，他在春天焕发勃勃生机，绿草和百合花使其充满青春的力量，然而，在诗歌的最后，"我打回旧时的路 / 转上新的路 / 我要比从前有力量"，显然，诗人实际上要讴歌的是正确的革命道路才充满巨大的变革力量，使一座了无生趣的古城旧貌换新颜。在《野花》中，"野花生长在荆棘里 / 好像理想活跃在监狱"，诗人以"野花"这个自然意象的生存状态比作诗人或其他仁人志士艰辛的革命之旅，在荆棘中野花以顽强的生命力灿然绽放，在监狱中战士们依然怀揣着神圣的革命理想。"望着野花 / 我们不再怕艰难的道路 / 野花要结实 / 我们的理想要开花"，在抗日战争年代，战士们不惧困难，不怕顽敌，即使身陷囹圄也矢志不渝，就像"野花要结实"，革命者为之奋斗的理想也终究会开花结果。正是从这组诗歌之后，鲁藜形成了自成一家的艺术表达形式，他曾回顾说："我正是在这里，在诗歌上开始摸索到一种直接地向我尊重的时代、读者的心灵倾诉衷曲的质朴的诗风。"（张成杰：《从〈延河散歌〉到〈第二代〉——鲁藜延安时期的诗风变迁》，《诗探索》理论卷 2009 年第二辑，第 84 页）

其二，以客观景物突出主观情感。鲁藜特别强调主观情感与客观对应物的契合，强调主观精神的意义与价值。《第二代》基本上延续了《延河散歌》，融入了更多的主观情愫。在《星的歌》中，诗人将宇宙天体主体化，用第一人称"我"指代"星星"，表达对自然、对他人的热爱，同时也抒发了对和谐人际关系的向往。"我是一颗小小的星 / 我有很多纯洁的姊妹兄弟 / 我喜欢他们，我爱他们 / 我在孤独的时候就怀念他们 / 我知道，我和他们在一起的时候 / 我才感到快活，/ 才感到美丽 / 我的光亮和他们的光亮 / 联在一起，世界就永恒地流着理想的河"。人与人之间相互联结，你中有我，我中有你，共同生活在一个存在之网中，只有人与人之间和谐共存，充满关爱，这个世界才美丽。但诗人并没停留在这个层面的表达，他更想说的是"我的光亮和他们的光亮 / 联在一起，世界就永恒地流着理想的河"，显然，精神境界更高一层：只有人人都燃烧自己，照亮他人，世界才能汇成一条理想的河，诗人把理想、现实和思想情感投射到具体的天象中，传达出深邃隽永的哲理意境。在《雾》中，诗人则用第三人称"她"来指代山谷间的雾，"雾在山谷中沉睡 / 太阳起来就唤醒她 / 可爱的纯洁的姑娘 / 她也不梳直她的发就跑了"，"雾"这一自然现象化作一个可爱、纯洁、机灵的姑娘，匆匆辞别山谷，融化在明媚的阳光里，这使这首小诗显得轻快、美妙！此外，在诗集《醒来的时候》中有一首《森林之歌》，诗人用第二人称指代"森林"，表达与自然的平等地位，拉近与自然的距离，可谓在艺术传达上独具匠心。"啊，高大的，英俊的桦林 / 你向我站立着 / 你用敏感的枝叶向我欢呼"，延安的森林召唤他、欢迎他，诗人在延安体会到别样的温暖的情谊，欢欣雀跃的心绪溢于言表。"我爱你，我走进你们的行列 / 让我在你们爱抚之中 / 唱森林的战斗的欢乐的歌曲吧"，可见诗人满腔热血，高唱森林之歌，意欲汇入战斗的行列，斗志昂扬，意气风发。延安虽然条件艰苦，但面对轰轰烈烈的战斗画面，诗人那种浪漫主义的革命理想和审美情趣得到了诗意的寄托。

其三，"散文化"的新尝试。鲁藜十分青睐艾青的诗歌，并曾亲自登门拜访他，得到了艾青的帮助和夸赞。鲁藜的诗作蕴藉了明显的散文味，自由诗风显著，他很少写格律诗。他曾直言："我开始习作以及发表诗歌，毫无疑问的，我是直接模仿三十年代所谓左翼文学太阳社诗人的作品的，特别是蒋光慈的诗；间接的影响也就是西洋的自由体诗。直到今天，我还是推崇自由的诗体的。"（钱志富：《鲁藜的诗学思想》，《诗探索》理论卷 2009 年第二辑，第 95 页）《星的歌》共九行诗，没有押韵，也没有格律的讲究，句式长短不一，参差不齐，甚至一行诗里面有两句话，显得自由不羁。"我是一颗小小的星 / 我有很多纯洁的姊妹兄弟 / 我喜欢他们，我爱他们 / 我在孤独的时候就怀念他们"，读起来婉约、流畅，一种人与人之间和谐相爱的温情流淌在清新、质朴的诗行中。在诗人晚年，鲁藜曾写过《我最喜爱春天的绿色——怀诗人艾青》，"想到艾青的诗 / 就想到散文美 / 他的诗不胫而走 / 不是依靠那整齐的韵脚 / 他的诗轻柔似云一般的飞翔 / 是以它内在的美作为翅膀"。在《给沙玛》这首诗中，"那一天我悄悄走进你的家园 / 刚巧你出了门，没有话别 / 我走了，摘取你窗前一朵丁香 / 走向我漂泊和流亡的道路"，诗人由于家贫失学，受到好友母亲的阻挠不得与她的女儿沙玛继续来往，通过叙事的方式，诗人向我们娓娓道来他如何与沙玛万般不舍，想与之依依惜别却不可得，只好采撷一朵丁香花，伴他踏上孤独的流浪之旅。一个小男孩的一段青涩恋情渗透在明白晓畅的自由诗句中，散文韵味浓郁。

其四，富含哲理意蕴。鲁藜擅长长短诗、抒情诗、叙事诗，也善于从生活体验中提炼哲思，总是以格言警句来表达某个哲理。简短的诗行、凝练的语言抒发着诗人对人生的感悟，富含思辨意蕴，内容丰富，发人深省。首先，诗人试图探索人生的真谛和价值。"谁怕劳苦流汗，谁将年华荒芜/谁怕泪与血，谁将一生空白"（《补白集》）。"松柏所以不怕酷寒或是狂风/那是因为它萌芽时候就把根扎到岩石里去"（《点滴集》二十）。"'我'在'无我'里获得意义/种子消失在泥土里获得价值"（《补白集》）。这些诗句歌颂了人在不懈的劳动中，在不断的磨砺中，在无私的奉献中实现自己的人生价值。"没有理想，就没有人生/没有星光，就没有世界"（《绿叶集》第一集之十三）。"梦与现实的矛盾/构成人生灿烂的斗争/一切崇高的情感从这里喷射/一切崇高的道德从这里冲击而炼成/有梦的心是痛苦的/但，没有梦是坟墓"（《绿叶集》第二集之十四）。诗人还劝告我们要有理想和梦想，人生才有奋斗的目标，我们才能驶向成功的彼岸。其次，诗人还极力褒扬人的高尚品德并劝勉人要有好的修为。"空虚的人/才渴望赞美"（《点滴集》一）。"头发可以染/善良不可打扮"（《点滴集》二）。"杂念和蔓草一样/使土地贫瘠，使思想枯竭"（《点滴集》二十四）。从这些诗句可以看出，诗人高度赞扬人们朴实、善良的生命底色。再次，诗人的哲理诗彰显强烈的思辨色彩。"欢乐的峰顶有泪泉/悲哀的深渊有圣光"（《补白集》）中的"峰顶"和"深渊"分别代表人生中处于两极的生存状态：成功和失败、快乐和痛苦等。但生活中的事物又是矛盾统一的，矛盾的对立面会在一定的条件下发生转化，所谓"塞翁失马焉知非福"就是如此。因而，知悉其间的辩证关系，就可"胜不骄，败不馁"，以积极的心态面对生活。另外，其哲理诗依然歌颂理想的爱情观。"纯洁的爱情就像星星一样/无论是冬天或是夏天/无论是在天的哪一边/她们永远互相凝望着"（《种子集》之《星星》），诗人以"星星"之间的"互相凝望"比喻纯洁、忠贞的爱情，这也体现了诗人对充满浪漫主义理想色彩的爱情的向往。鲁藜由于被无情地卷入政治风暴，其前妻王曼恬就与他划清界线并离婚，他仍然以博大宽容的胸怀理解她的选择。正当鲁藜在铁窗下备受折磨时，他曾经的学生刘颖西却一直在默默地关注着他的生死沉浮。鲁藜平反后，刘颖西冲破一切世俗阻挠与他结婚，并与之携手到老，为诗人多舛的命运增添了一抹温暖的色调。诗人从对事物的体验中提炼出的哲理诗句突破了写景抒情、托物言志的窠臼，通过格言警句式的诗句表达人生的哲思，宛如诗海中熠熠生辉的珠贝，永远闪烁着智慧的灵光。

鲁藜的一生，屡遭冤屈，一直在人生的黑海中浮浮沉沉，身心备受摧残，然而他始终坚持革命理想和信念，以坚强的毅力、乐观的态度面对如此苦难的生活。他甘愿化作一位平凡的"泥土"诗人，以不懈的战斗和诗歌创作支持他走过那些艰辛的岁月，成为一位时代的歌者。在他的诗歌里没有消极的哭诉和哀怨，而始终通过清新的物象歌唱祖国、赞美生活、憧憬未来……在那些诗行佳句中，始终充盈着鼓舞人心的力量和无私奉献的精神。更为重要的不是其诗作情感的丰富与思想的深刻，而是其诗艺的精致与诗体的精美。虽然他也有一些叙事长诗，其主要的成就还是体现在短诗上。质朴的语言、生动的形象、尖锐的体悟、鲜活的意象，让他的许多诗富有感染力与生命力，就是在今天也拥有许多的读者。"梅花香自苦寒来"，这位"时代的歌者"之所以还是一位不错的歌者，不像战争年代成长起来的许多诗人，经过历史的淘洗只剩下了"革命"而没有留下"诗"，就在于他是一位诗人，而不只是一位革命者。自我的人生经历、与"七月"诗人的交往、向同时代的大诗人学习，成为他取得成功的重要因素。艾青在对鲁藜80岁寿辰的祝词中对其一生的诗歌创作做出了中肯的评价："风风雨雨，坎坎坷坷，经漫长岁月冶炼，你属于纯金，你与你的作品，必载入史册。"（蔡鹤影：《在诗歌的十字架上：鲁藜评传》，厦门大学出版社，2010年版，第257页）[Z]

中国诗人面对面
FACE TO FACE OF CHINESE POETS

中国诗人面对面——余秀华读者见面签售会

  我不想为了写诗再去生活，但是这也是一个悖论，因为在我40岁之前，我觉得我那时候的生活很痛苦，虽然说痛苦产生了诗歌，但我并不愿意用痛苦交换这些才华。

——余秀华

中国诗人面对面
——余秀华读者见面签售会

时间：2015年8月16日　　地点：卓尔书店

□主讲人：余秀华
　主诗人：张执浩

张执浩：大家下午好！今天由我来主持余秀华的读者见面签售会。

余秀华：大家下午好！很高兴和大家见面！

张执浩：今天是我第一次以这样的方式和大家见面，那就和大家聊聊写作，聊聊余秀华的诗歌。我觉得一个写作者只有有足够的文学经验，有丰富的阅历，然后深度地思考，形成独立的、独特的人生观，这种特质决定你的写作能够走多远，这是非常非常重要的一点，但是你的文学经验还需要进一步的积累。虽然诗歌读者很少，诗歌处于一种边缘化的状态，但是我们知道现在写作的人太多了，一个人能否最终写出来，能否持续地写下去，要成为有独特的、清晰的面孔的诗人，必须要有这两方面的高度结合。我们知道，很多人有生活经验和生活经历，但是他缺乏文学经验；或者是他读了很多书，具有很多文学知识，但是他的生活经历太单薄，无法把这两者很好地融合在一起。我想问你，你在这方面有什么规划，下一步你想如何写作？不是在一个平面上滑行，而是更进一步地凸显自己对这个世界独特的认知。

余秀华：如果说什么写作计划，这我真的没有。因为我对自己有足够的认识。我想在接下来的很长一段时间，更大的可能性是我都会是在一个平面上滑行，虽然我也想提高，但是没有阅读、提高的契机。我现在活动很多，相比之前我的阅读量减少了很多。我觉得阅读，不仅是诗歌很需要，我认为每个人都需要阅读，因为它能使你的心情平静下来，在这个阅读的过程里，你可以思考自己的生命常态、心灵常态。我也想越写越好，但是不知道自己有没有这个能力，我只能说，这要顺其自然，写得好就写得好，写不好就拉倒。

张执浩：她说"写得好就写得好，写不好就拉倒"，这是一种直接的回答。她作为一个写作者，她肯定希望自己写得好，这是每一个写作者的愿望，谁想自己写得很差呢？所以，这是言不由衷的话。余秀华的诗歌可以打动那么多人，创造了近二十年来中国诗集出版发行的奇迹，广西师大出版社和湖南文艺出版社为她出版的两本诗集的总发行量已经达到了近二十万册，我的只有3000册（大笑）。我问过韩东，他说他最高5000册。现在在书店能够销售3000册都是很高的销量了，而她却有近二十万册。

但是作为前辈（现在中国诗坛的女诗人都叫我大叔，叫我张爷爷都可以），我想，她的诗歌能吸引从来不关心文学的人来阅读她的作品，源于她的诗歌中有一个词——挣扎，这也是我多次提到的。挣扎实际上是文学的最高境界。我们看很多文学作品，一种是教化人的作品，告诉我们应该怎么做，好像它已经掌握了人生的所有技巧，所有活着的真理，这样的作品是令人生厌的，作者高高在上，然后呈现给我们的是他对世界的、对人生百态的一览无余；另外一种作品是放弃挣扎，面对生命的不公，甚至是上帝的偏见，很多人在作品里面表现出来的就是顺服，放弃挣扎。我想，每一个写得好的作品，肯定是充满了挣扎的，明知向死而生，却要好好地生着。人，本来就一直活在悖论中，有时候明知道今天说的话明天会推翻它，但是今天还是会尽可能地表达清楚，这就是人的无可奈何和百无聊赖的现状。而在余秀华的作品中却有着挣扎的力量，表面上是摇摇晃晃看世界的态度，但是她是在努力维持平衡。我们可以看到，尽管余秀华很不乐意签名，但是当她在签的时候，她会努力去签好，包括她拿着话筒的感觉，我们能够感受到她是在费力用心地握着，这让我们唏嘘不已，这不是怜悯，而是对生命的礼赞。

当我们在谈论余秀华的时候，我们在谈论什么？我想，我们谈论余秀华的时候，其实谈的是自己，这种百无聊赖的人生，我们明明要死亡，但是我们却要好好生活。余秀华所呈现的挣扎的情状，其实展现的是悲凉的人生百态，我们对未来的渴望，试图在这种现实中获得精彩。我不知道我这种表达是否准确，不知道余秀华是否也是这样想的。

余秀华：张老师的说法既是准确的，又是不准确的。所谓信仰就是对一个人无条件地信赖，我对张老师就是这样无条件地信赖着。刚才张大叔说我的诗歌能够引起共鸣的是诗歌里的挣扎，引用大叔经常说的一句话'诗歌的本质是自然的呈现，而不是把自己的感情加进去'，那我就有一个疑问，所谓的挣扎就会有自己的感情，那这两者就是有矛盾的，这两者应该怎么统一和谐起来？

张执浩：反问我了啊！

余秀华：不是，我只是想搞清楚这样一个关系。

张执浩：我的原话是这样的，在这个喧嚣的时代，每个人都怕自己的声音被覆盖，所以希望更大声音的表达。我们很多人迫不及待地想表达自己的思想，很多人都以为自己有思想，我曾经在一篇文章中说过我自己没有思想，只有想法，甚至是一闪念。闪念是什么？它是当我们开口说话时，我们脑海中忽然出现的无数个词语。你最终选择的一个词语，就是带着自己的体温的。有的写作在毁尸灭迹，有的在追根溯源。我觉得最好的写作是呈现这个世界的情状，而不是急于表达自己的思想。我们的作品真的有很深厚的思想么？其实不是，我们只是需要去用自己的语言尽可能地表达而已。只要记住，用你的笔去记录，用带着体温的文字准确地呈现生活，这就是写作者的本质。

余秀华：你这样说我不明白了，你的意思是说现代人写诗是很多人想急于表达自己的想法，而且在表达的过程中，是想向他人表现自己的思想的，但是诗歌需要的不是直接呈现，我觉得你说得很对。而且我认为张大叔是真的很有底气的人，他敢说自己没有思想。说自己没有思想的人肯定是底气非凡的人。（观众鼓掌，大笑）

张执浩：你是名人，我是诗人！

前不久，我们做了一个活动，湖南和广西的两城诗会，当时我让余秀华来参加活动。作为一个长辈，我觉得余秀华某种程度上活得不真实，她在走红之后被媒体包围起来了，今天在长沙，明天在武汉，然后又飞到其他城市，如此紧密的行程，她实际上被架空了，这不是一个真实的诗人应有的生活。我觉得她应该跟一些"真实的"诗人见见面，不应该成为一个"媒体诗人"，不应该成为一个被媒体紧紧包围的演员，最终还是应该从闪光灯下回到自己乡村孤零零的书房，一个人发呆，听闻冬日风穿过树林的声音，夏日千军万马般的蛙鸣声，然后回归到自己的现实生活，这才是应该有的状态。我想问你，你是否做好了这种回归孤单的准备？

余秀华：我现在的确是到处飞，到处跑，但我并不会因为这些而变得轻浮起来。其实现在我在任何地方醒来，我还是会觉得很孤独，孤独并不是说在横店村，它会永远跟随你，就算你在一个很好的城市，买了很好的房子，有一个很好的家，有一个很好的爱人，你的孤独还是会存在。所以，老师担心的问题是不必要的。我比谁都明白，写作需要的是什么，喧闹的环境也是一个过程，我也必须要把它走完，因为以后的生命还长，用来思考和写作的时间还很多。况且，别人好心好意来看我，我却说在写作，没时间见大家，这样不对。作为一个诗人，写诗的时间其实很短，长的是思考的时间，这个时间也包括与人交往的时间。比如，我跟张老师认识的时间很长，我从他身上潜移默化地学到了很多，只是他不知道。我认为，生活永远在诗歌的前面。我不想为了写诗再去生活，但是这也是一个悖论，因为在我40岁之前，我觉得我那时候的生活很痛苦，虽然说痛苦产生了诗歌，但我并不愿意用痛苦交换这些才华。若用痛苦交换诗歌，我宁愿好好地活着，好好地写诗。但是恰恰是这40年毫无效果的生活，才让我学会了写诗歌，才把我带到你们面前来。所以，就算我现在回到了横店村，我所面临的问题是一样的，我只能顺其自然。如果没有写诗，那我就没有机会出来，我怎么会见到你啊！

张执浩：那我今后会带很多诗人去看你！余秀华刚谈到了湖南文艺出版社的唐明老师，他是余秀华诗集的责编，我想知道，这本书出版了之后，你们社所收到的读者意见和反馈是怎么样的，你能跟大家谈一谈吗？

唐明：我们在出版了她的诗以后，确实有很多读者在问，余秀华的诗好在哪？你为什么出版？我打个比方，都说人生苦短，很多人都说这个世界很黑暗，没有出路，这时候有一个人，她用她的手指把大家的目光引向了月光，在月光的照射之下，黑暗之中其实还是有很多诗意和美好。余秀华就是用她的诗歌把一些平淡的日子写得很诗意，把农村的生活写得很美好，我觉得这就是她的价值。（鼓掌）

张执浩：这个比喻很准确。我记得当时在武汉大学我和余秀华第一次见面，《都市报》的记者告诉我她一下午都很紧张，激动不安。那一次读者很疯狂，我仔细观察过，她的读者有一些从鄂州等周边地区风尘仆仆赶来的，大家争先朗诵她的作品，并且还相互责怪对方朗诵得不好听。我还发现，她的读者并不是大学生，而是一些有社会经验和经历的人。余秀华的写作契合了这个时代的某种气质，"我们的人生是不值得一过的人生"，在这种大背景下，为什么还要死皮赖脸地活？就像余秀华笔下的稗子，随时都胆战心惊地迎接春天的到来。在余秀华的作品中，我们能够感受到，卑微的生命也有生活的权利。

好，前半场的活动基本上告一段落，接下来的时间留给你们，你们可以提问。

读者1：我把她的诗歌谱成曲了，我想送给她，可以么？

张执浩：可以，谢谢你。

读者2：其实我也偷偷地写诗，但是不给家人看，我怕他们说我妄自菲薄。我想问余秀华姐姐，写诗是一定要讲究"平平仄仄"的格式还是由自己的心里所思、所想而写？当我把我的诗给别人看的时候，他们会觉得写得很假，但是这确实是我的心理感受。我也不知道该怎么办了，是不是要迎合别人而写？

余秀华：这个问题应该问张老师。其实，你刚才所说的"平平仄仄"在新诗里很少，你说你遵从内心的写作别人觉得很假，那是你的表达有问题，表达可能不准确，你可能没有找到最能表达你自己的词语。假就假呗，有什么关系呢？

读者3：我是带着美好过来的，听了张老师和余秀华的一席话，我又觉得悲哀得很，人的一生一下子就过去了，我们还是要尽办法让自己过得好一点。那我想问，无论是在诗歌里面，还是人的一生当中，如何让自己过得开心一点，不要总是在挣扎？

张执浩：你觉得余秀华是不是在挣扎，你觉得我是不是在挣扎？我宁愿一个人呆着，我从来没有以这种形式坐在这里，我从来都是当嘉宾。你问的这个问题我也可以跟你回答，我一直强调文学作品必须要呈现向善的一面，尽管不一定能够做到"善"，但是我们要向善。就像我自己做菜，我希望家人吃了之后，展露出赞美的笑容，这就是生活。生活有这样一些细节过程，文学也是一样，说它美好，肯定需要一些细节，一些日常生活的细枝末节，这是根本。

读者4：余老师您好，我想问您，《穿越大半个中国去睡你》这首诗您是怎么想出来的呢？您写作的灵感是什么？

余秀华：我想这个题目也是很多人的心里话，我只是说出了大家不敢讲的话而已，我不想当道德楷模，也不想当正人君子，我只想表达内心真实的想法。

读者5：你好，我是你的粉丝，我前段时间看了凤凰台关于你的访谈，我非常欣赏你思维的能力、表达的能力，我觉得我们年纪大的人可能不像年轻人，我们关注生活可能多于诗歌。比如说我觉得你今天很漂亮，比你在其他的地方拘谨的装束更好看。你的很多诗都来源于自己的生活，我们在你的诗歌中看到了比较极端的东西，比如那个比较粗暴的"他"，这是真实的存在吗？那么这首诗中的"你"真有其人吗？另外，我也想问你，你对未来的生活有何规划，是会回到你的家乡还是会换个更加舒适的环境？你以后的诗歌会怎么写下去？我想请你给关心的读者介绍一下，谢谢。

余秀华：这几个问题都属于八卦，但是我也可以跟你们说一说。刚才我听了刘向东老师讲，诗歌是需要虚构的，用虚构的场景表达真实的想法，用虚构的想法表达真实的场景，这在诗歌领域里是可以相互转换的，这不是欺骗别人，欺骗诗歌。那个想睡的"你"，至今我还在想，那个"你"会是谁呢？（观众大笑）

我觉得那个生我养我的横店村，不是很美，但是这确实是我深深眷恋的地方，我没打算离开，我就想在那里活下去，如果真的活不下去，我会选择换个地方，但是不会是城市。我觉得在横店村也很好。

张执浩：好了，还有最后一个问题。

读者6：我想问一下余老师，在当代，写诗确实是一个很冷门的东西，您还把写诗当作自己的事业？

余秀华：我什么时候把写诗当作我的事业了？（众人大笑）

读者6：我想问您，您写诗是出于什么样的目的？

余秀华：写诗需要目的吗？需要什么原因呢？（众人大笑）

读者6：那您觉得是诗歌选择了您，还是您选择了诗歌？

余秀华：那你就要去问诗歌呀！（众人鼓掌）

读者7：我也是您的读者，您在诗歌中表现出来了您生活的普通细节，但是又表现出了乐观和追求。我想问您，在真实生活中，您也是特别乐观吗？

余秀华：你猜。（众人大笑）

张执浩：余秀华经常面对媒体的提问，已经训练出来了啊！要是你问我的话我肯定就老老实实地回答了。

余秀华：我知道有一个话题是诗人到底是悲观主义者还是乐观主义者？在我看来，诗人大部分是乐观主义者，在这种悲观的世界里面，我面对你的时候难道还要去哭么？如果我哭的话你肯定就不会喜欢我的。在死之前，可以"胡作非为"，包括今天的快乐，明天的快乐，想怎么活就怎么活，虽然说了这么多不一定能够做到。

张执浩：余秀华的"胡作非为"也只是说说而已，这也是她的挣扎，心有所想，但是心有余而力不足。

余秀华：你是在嘲笑我！（观众大笑）

张执浩：我只是在自嘲而已。

由于时间关系，今天的这个读者见面会，就以嘲笑和自嘲作为结束语。接下来的时间就留给大家进行签售，请大家有秩序地排队。 Z

（李亚飞／整理）

诗评诗论
POETRY REVIEW POETICS

预言开辟的天空与梦想实现的大地

吉狄马加在与马雅可夫斯基心灵对话的诗句中,不仅让我们重新清晰地看到了那个时代巨人般的诗人,同时也唤醒了诗人的神圣职责:让沉睡者醒来,让匍匐者站立,让喑哑的羔羊呐喊……

——叶延滨

预言开辟的天空与梦想实现的大地
—— 吉狄马加和他的长诗《致马雅可夫斯基》

□ 叶延滨

中国新诗诞生百年之际，世界正在用惊奇的眼睛关注着一个东方大国的复兴。中国新诗作为中国新文化运动的一部分，正是在一百年前世界大变革的风暴中，迎着世纪的曙光冲向天空的雏鹰。一百年的中国新诗对于有悠久历史的中华传统诗词，今天仍是一只雏鹰，但在东方文明的天宇，百年风雨，每一次历史重大的变革中，我们都看得见中国新诗的身影。中国新诗也用优秀诗人的名字和不朽的诗篇，构筑了中华民族精神殿堂复兴与重建的基石。从另一个角度来讲，回顾百年新诗历史，中国新诗是两条大河滋养的精神家园。这两条大河，一条是中华文化之河，源远流长，其滋养如乳汁，使中国新诗有了中华文明的基因。另一条是世界文化之河，一百年前，那些睁眼看世界的先贤们，开辟了与世界对话，并且努力学习各国优秀文化的"新文化运动"之旅。百年的跋涉，让"同时涉过两条大河"的中国新诗，神话般又现实地站立于世界文化之林。回望百年历史，我们在向传统致敬的同时，也在向那些世界大师致敬，因为有他们，中国新诗才可能成长并留下一篇又一篇与史同在的经典。

当代诗人吉狄马加发表在《人民文学》2016年3月号的最新长篇力作《致马雅可夫斯基》就是在这个大背景下的向巨人致敬的新作。读吉狄马加的这部长诗的时候，我的脑海里出现了一长串的名字：但丁、哥德、普希金、惠特曼、马雅可夫斯基以及他的同行者"还有巴勃罗·聂鲁达、巴列霍、阿蒂拉、奈兹瓦尔、希克梅特、布罗涅夫斯基、不能被遗忘的扬尼斯·里索斯、帕索里尼"（引自《致马雅可夫斯基》）之后，我们还可以列出一个长长的名单。在这个长长的名单中，吉狄马加曾先后写过许多向他们致敬的诗作，比如翁贝尔托·萨巴、萨瓦多尔·夸西莫多、耶胡达·阿米亥、塞萨尔·巴列霍、巴勃罗·聂鲁达、米斯特拉尔、胡安·赫尔曼、托马斯·温茨洛瓦、切斯沃夫·米沃什、阿赫玛托娃、茨维塔耶娃等。我认真阅读后感到，吉狄马加这首《致马雅可夫斯基》，有着诗人更深的思考与更投入的情感。

马雅可夫斯基是世界级的大师，他在中国曾有过广泛而深刻的影响，同时也受到较多的误解，并且一度被中国读者遗忘。马雅可夫斯基是我最早认识的诗人之一。那还是1950年代末，读小学的我刚认识写《金鱼和渔夫的故事》的普希金，又在母亲的桌子上看到了厚厚的马雅可夫诗集，我还读不懂里面的诗，但我记住了其中一首诗《不准干涉中国》。这首写于1924年中国大革命时期声援中国工人的短诗，让我记住了马雅可夫斯基这个名字。以后在我从事诗歌写作的早期大量经典阅读中，马雅可夫斯基也就进入了我向大师致敬的视野。马雅可夫斯基青少年时代，投身反对沙皇专制统治的革命宣传，被沙皇政府三次逮捕投入牢狱。他在牢房里开始了诗歌创作。马雅可夫斯基1912年在"未来派"发表宣言，要"给社会趣味一记耳光"。22岁的诗人在《穿裤子的云》里喊出了他与旧社会的决裂："打倒你们的爱情，打倒你们的艺术，打倒你们的制度，打倒你们的宗教。"他曾预言1916年将出现革命，当1917年轰击冬宫的炮声响起，他首先张开双臂欢呼十月革命的到来。他说：这是我的革命！他把自己的创作与人类历史上伟大的变革联系到了一起，艺术上的先锋锐意创新与激进的社会变革理想，推动他站到了时代的巅峰。标新立异，独树一帜，同时走向广场和民众，他忘我地和所有的敌人同时战斗。他热情地拥抱革命，用诗歌冒犯一切陈旧的陋习，也无情地挑战自我。最后他用自杀这种反抗方式，留给了这个世界无数的思考。在他去世86周年之际，在近一个世纪的岁月里，世界风云变幻，围绕着他的话题始终未曾停止。我认为，不同立场的艺术家至少都有了这样的共识：马雅可夫斯基是那个风云聚会的大时代伟大的激进派的诗人，同时他的作品让那场震撼世界的革命，在人类精神高度上得以达到空前的高度。

《致马雅可夫斯基》是中国诗人吉狄马加以诗歌为桥，走近诗人马雅可夫斯基，并与他并肩站在时代高度，审视自己面对的时代。"马雅可夫斯基，不用其他人再给你评判／你就是那个年代——诗歌大厅里／穿着粗呢大衣的独一无二的中心／不会有人忘记——革命和先锋的结合／是近一百年所有艺术的另一个特征／它所产生的影响是巨大的，就是在／反越战的时候，艾伦·金斯伯格们／在纽约的街头号叫，但在口袋里装着的／却是你炙手可热的滚烫的诗集"。吉狄马加在这里经典性地点明了近百年所有艺术的另一个特征："革命和先锋的结合"。这是马雅可夫斯基留下的最重要的遗产，同时也是我们理解《致马雅可夫斯基》这首长诗的入口。是啊，我们回首百年新诗，以及百年的世界艺术史，那些成为经典的伟大作品，正是时代伟大变革与艺术伟大创新的有机结合。"你的诗，绝不是纺毛的喑哑的羊羔／是涌动在街头奔跑的双刃，坚硬的结构／会让人民恒久地沉默——响彻宇宙／是无家可归者的房间，饥饿打开的门／是大海咬住的空白，天空牛皮的鼓面／你没有为我们布道，每一次巡回朗诵／神授的语言染红手指，喷射出来／阶梯的节奏总是在更高的地方结束／无论是你的低语，还是雷霆般的轰鸣／你的声音都是这个世界上——／为数不多的仅次于神的声音，当然你不是神／作为一个彻底的唯物主义者，你的／一生都在与不同的神进行彻底的抗争／你超自然的朗诵，打动过无数的心灵／与你同时代的听众，对此有过精彩的描述／马雅可夫斯基，我们今天仍然需要你……"吉狄马加在与马雅可夫斯基心灵对话的诗句中，不仅让我们重新清晰地看到了那个时代巨人般的诗人，同时也唤醒了诗人的神圣职责：让沉睡者醒来，让匍跪者站立，让喑哑的羔羊呐喊，让诗歌在街头一起和民众奔跑！是啊，诗人是时代的骄子，但诗人如果不关心这个时代，不关注门外的世界风云，那么诗人只会成为沙龙里的宠物和仰人鼻息的侏儒。吉狄马加作为一个诗人，他热情地投身于中华复兴的社会实践，同时又冷峻地审视这个时代的各个角落："马雅可夫斯基，并不是一个偶然的发现／20世纪和21世纪两个世纪的开端／都有过智者发出这样的喟叹——／道德的沦丧，到了丧心病狂的地步／精神的堕落，更让清醒的人们不安／那些卑微的个体生命——只能／匍匐在通往灵魂被救赎的一条条路上／马雅可夫斯基，并非每一个人都是怀疑论者／在你的宣言中，从不把技术逻辑的进步／——用来衡量人已经达到的高度／你以为第三次精神革命的到来——／已经成为了不可阻挡的又一次必然／是的，除了对人的全部的热爱和奉献／这个世界的发展和进步难道还有别的意义？"认识马雅可夫斯基与他所处的时代，是为了认识我们今天所处的时代，并且解决好与时代和民众的关系。吉狄马加在这里，不仅让读者重新认识马雅可夫斯基，同时也将成为一个伟大诗人所需要解决的与时代的关系中许多重大的课题，摆在每个有良知的中国诗人面前。

《致马雅可夫斯基》这部向大师致敬之作，又是诗人与诗人心灵呼应的纪录：两位诗人隔着一个世纪的岁月，告诉他们亲爱的读者，诗歌何为？诗人何为？诗歌的力量何在？"没有人真的敢去否认你的宏大和广阔／你就是语言世界的——又一个酋长／／是你在语言的铁毡上挂满金属的宝石／呼啸的阶梯，词根的电流闪动光芒／是你又一次创造了前所未有的形式／掀开了棺木上的石板，让橡木的脚飞翔／因为你，俄罗斯古老纯洁的语言／才会让大地因为感动和悲伤而战栗／那是词语的子弹——它钻石般的颅骨／被你在致命的庆典时施以魔法／因为你，形式在某种惟一的时刻／才能取得没有悬念的最后的引力／当然，更是因为你——诗歌从此／不仅仅只代表一个人，它要为——／更多的人祈求同情、怜悯和保护／无产者的声音和母亲悄声的哭泣／才有可能不会被异化的浪潮淹没……"这就是马雅可夫斯基给予吉狄马加的启示，也是吉狄马加揭示出诗人马雅可夫斯基成为巨人的秘密。一个优秀的诗人必然是宏大广阔的语言世界的酋长。吉狄马加在许多场合，十分清楚地表明他认为，一个诗人必须重视诗歌艺术，关注诗人更要了解他对于语言的掌控能力。然而拥有高超的语言才华，对于一个诗歌巨匠还远远不够，他必须为他自己和这个时代创造新的语言形式。马雅可夫斯基的阶梯式的诗行，搭起向上伸往古老传统宝库的通道，向下伸向民众，承接无数无产者呐喊和母亲的眼泪。伟大的诗人总是和民众在一起，当然他必须有征服人心的天赋，他是语言王国的酋长，又是创造新世界的超人；他是街头奔跑人群中的一员，同时又是所有母亲的儿子："在劳苦大众集会的广场上／掏出过自己红色的心——展示给不幸的人们／你让真理的手臂返回，并去握紧劳动者的手／因此，诗人路易·阿拉贡深情地写道：／'革命浪尖上的诗人，是他教会了我／如何面对广大的群众，面对新世界的建设者／以诗为武器的人改变了我的一生！'……"这是最深刻也最朴素的真理，与大地在一起，会获得大地的力量。在长诗中对话马雅可夫斯基，吉狄马加特别地引用了另一位杰出女诗人茨维塔耶娃的名言："力量——在那边！"这是对那些沉溺于沙龙和小圈子的诗人所说的名言，诗歌是在马雅可夫斯基那边有了力量！对于那些混迹于诗坛的庸人，吉狄马加尖锐地指出："那些没有通过心脏和肺叶的所谓纯诗／还在评论家的书中被误会拔高，他们披着／乐师的外袍，正以不朽者的面目穿过厅堂……"吉狄马加的这种清醒，对我们认识今天的诗坛大有益处，同时，正是这种清醒，让他对马雅可夫斯基的评价，更具有辩证而冷静的力量："对一个诗人而言，马雅可夫斯基／不是你所有的文字都能成为经典／你也有过教条、无味，甚至太直接的表达／但是，毫无疑问——可以肯定！／你仍然是那个时代最伟大的诗的公民／而那些用文字沽名钓誉者，他们最多／只能算是——小圈子里自大的首领！"诗人何为？诗歌何为？诗歌的力量何在？吉狄马加用这些精彩的华章般的诗句，告诉了他亲爱的读者。

《致马雅可夫斯基》是吉狄马加用心灵点燃的诗句之炬，引领他的读者走向大师。从马雅可夫斯基所处的那个时代，人类又走过了百年的历程。今天的人类社会已经发生了天翻地覆般的巨变，资本的全球化，信息时代带来的技术革命，让曾经那么浩瀚的世界变成了地球村。世界越来越小了，然而人心之间的距离却更加深远难测。人类已成为命运共同体，然而共同的精神家园，却在战争炮火和精神雾霾的笼罩下渐行渐远："这个把所谓文明的制度加害给邻居／这要比哥伦布发现新大陆更加无耻／这个世界可以让航天飞机安全返航／但却很难找到一个评判公理的地方／所谓国际法就是一张没有内容的纸／他们明明看见恐怖主义肆意蔓延／却因为自己的利益持完全不同的标准／他们打破了一千个部落构成的国家／他们想用自己的方式代替别人的方式／

他们妄图用一种颜色覆盖所有的颜色／他们让弱势者的文化没有立锥之地／从炎热的非洲到最边远的拉丁美洲／资本打赢了又一场没有硝烟的战争／……总有无数的个体生命付出巨大的牺牲／没有别的原因，只有良心的瞭望镜——／才可能在现代化摩天楼的顶部看见／——贫困是一切不幸和犯罪的根源"。站在全人类的高度，诗人吉狄马加呼唤诗人的良知，也是呼唤人类赖以共存的良知："是的，除了对人的全部的热爱和奉献／这个世界的发展和进步难道还有别的意义？"正因为如此，重新面对马雅可夫斯基就有了世界性的意义："马雅可夫斯基，新的诺亚——／正在曙光照耀的群山之巅，等待／你的方舟降临在陆地和海洋的尽头"。在这里，吉狄马加抒发了一个东方诗人的自信与坚定，他对诗歌的信心也就是对人类良知的信心，更是对未来人类命运的信心："诗没有死去，它的呼吸比铅块还要沉重／虽然它不是世界的教士，无法赦免／全部的恶，但请相信它却始终／会站在人类道德法庭的最高处，一步／也不会离去，它发出的经久不息的声音／将穿越所有的世纪——／并成为见证！"吉狄马加是大凉山彝人之子，也是中华文明培养的杰出诗人。伟大的彝族文化是他成长的乳汁，中华文明丰富深厚的传统使他在改革的大潮中成为优秀的中国诗人。他在自己的道路上始终坚持向世界各国的文化大师学习，早在吉狄马加青少年大学求学期间，他那时的诗作就看得出受非洲诗人桑戈尔的影响。之后他的成长几乎是一个与世界文化大师对话的漫长历程。他的诗集已在全球十多个国家翻译出版，成为在世界上最受重视的当代中国诗人之一。这首长诗《致马雅可夫斯基》是值得我们关注的力作，他写出了一个中国诗人面对时代风云的坚守与良知，也向世人展示了在东方土地上生长的梦想与信心，这部长诗是时代大潮拍击一个杰出诗人心田激荡出的心声——

那一个属于你的光荣的时刻——
必将在未来新世纪的一天轰然来临！ [Z]

诗学观点

□孙凤玲 / 辑

●罗麟认为,诗歌经典是凝聚了人类的美好情感与智慧,能够引起不同时代读者的共鸣,艺术上具有独创性,内容上具有永恒性,能够穿越现实与历史的时空,经受得住历史涤荡的优秀诗歌文本。一方面,诗歌经典本身必须在内容、艺术上质量过硬,那些不严肃、不真实或是在艺术创造性上乏善可陈的诗歌作品,是不可能成为诗歌经典的。另一方面,诗歌经典必须经得起历史的考验或者说具有某种历史性,比如新诗草创时期的一些经典作品,放在今天或许在艺术性上并不出众,但由于其重要的历史意义和在特定历史时期内和条件下特有的开创性,而具有了无可取代的经典性。也就是说,没有相应的一段比较长的时间的艺术沉淀,诗歌经典的生成是不可能的。如果按照这样的标准去考查,当下诗歌因为在时间沉淀的条件上无法满足要求,是不太可能产生诗歌经典的。在时间距离过近的环境下,所谓的"经典性"的生成往往是自封的,也是站不住脚的。

(《21世纪:诗歌接受的"窘境"》,《文艺争鸣》2016年第1期)

●王士强认为,个人化写作本身当然是值得肯定的,诗人作为独立的个人而不是作为群体、集体、理念的代言者,个体生命的价值与尊严才能够得到保障,这本应该是写作的基础与前提。……但是,个人化写作同时也是艰难的,绝不是没有边界和标准的随意乱写,它虽然高度尊重个体的独立性、个性,但这一切均需在尊重艺术规律的前提之下进行,艺术本身便是在重重的不自由中寻求自由。就上世纪九十年代的诗歌写作而言,它一方面存在过度的问题,而另一方面又存在不足的问题。个人化写作的"过度"主要体现在诗歌作品的过于自我、私密,从而割断了与广阔的生存世界的关联,仅仅成为了知识的中转、思想的演练、语言的炼金术、修辞的自我循环等等,从而导致个人化有余而公共性不足。

(《重审20世纪90年代诗歌的个人化写作及其内在分歧——从罗振亚〈1990年代新潮诗研究〉谈起》,《当代文坛》2016年第1期)

●蒋蓝认为一个人在文字上的亮相仪态,几乎就决定了其后来的言说方式,就像你无法改造自己的声带。采用转喻和口语的融合语态,为情绪加入冰块,对不断敞开的日常经验进行寓言化处理,一次写作就是一次回忆,往事在一种克制陈述的语态里复苏曾有的花香和枝蔓,那既是写作者的自画像,也是为生存完成的一次照亮。

(《圈内圈外的成都诗人》,《星火》2016年第1期)

●周庆荣认为，对诗歌中的"分行"和不分行的散文诗，我从未把两者相隔离，我个人以为二者都是诗，是"大诗歌"。散文诗的叙述性和艺术的延展空间似乎更大，正因为更大，它需要写作者哪怕在手法的隐喻、模糊时，也要能把现象背后的本质性思考清楚，它不允许过分掩藏，而分行诗的魅力之一恰恰在于掩藏。我认为优秀的诗人，只要觉得叙述需要，在自由度、空间感或完整性需要进一步释放时，都会感受到思想性、叙述性和诗性真正结合后的美好，像昌耀后期的散文诗。现在有许多以分行诗写作为主，但散文诗也极其优秀的诗人，如：胡弦、徐俊国、雷霆、王西平、宋晓杰、金铃子等。

（《诗与远方——关于深度、理想、宏大叙述的诗歌对话》，《扬子江诗刊》2016年第1期）

●刘向东认为，从根本性上来说诗歌无疑是想象和虚构的艺术，有一定鉴赏力的人，大体不难区分侧重于存在的具象的诗歌与侧重于虚构的想象的诗歌。我们的文学观里多年以来一直滋生着这样的一个念头，说是不能与现实靠得太近，太近了，其作品的文学性就会随着时间的流逝而受到质疑，因为我们很多文坛的老前辈是有教训的。我觉得根本问题不是离现实近不近的问题，也不完全是方法问题，说到底是襟怀和气度问题。

（《重温田间的〈抗战诗抄〉》，《诗选刊》2016年第1期）

●田原认为"流畅性"是评价诗人的标准之一。这里所说的流畅性跟当下诗坛提倡的"阻拒性"并不矛盾，一首具有流畅感的诗中同样可以存在"阻拒性"。但如何在一首文字有限的诗歌作品中做到"流畅性"和"阻拒性"共存的平衡，我认为至关重要。对于内行读者，二者或许都很必要，但对于更多的一般读者，"流畅性"似乎更为重要。一首诗中，阻拒也许有一定的必要性，但很多的阻拒并非诗歌空间天然所致，而是作者的思维不通才华不够所致，甚至是做出来的，像脑血栓一样，这样的人为故障式的阻拒不是诗歌所需要的。即使是阻拒性的文本也应该是文字字面上的阻拒，而让读者感受到的那个生命也应是流畅的。

（《流畅与差异——吉狄马加其人其诗》，《时代文学》2016年第1期）

●张曙光认为诗人必须研究技艺，使之娴熟精准。但诗人不应仅仅满足于技艺，更要发掘人类更为内在和隐秘的情感，以揭示时代本质的特征。现在写作的一个误区是，诗人认为写作的个人化就是单纯地表现个人的情感，而很少能够将个人情感上升到一个普遍的高度。同样，诗人们以语言为工具，但语言并不仅仅是工具，也代表着诗歌本身。因为诗歌中的技艺、情感或经验最终是以语言来呈现的。诗人不仅要善于使用语言，更要为语言的净化和丰富尽到力量。

（《著名诗人与优秀诗人》，《诗林》2016年第1期）

●李以亮认为支撑和成就一个艺术家（包括作家、诗人）的，首要的是他身上整体的直觉，混沌却鲜明的倾向和意识，而非那些东拼西凑、乱七八糟的知识、概念、伪装、姿态、立场。而直觉背后，是独特的人格、热力、气质，是整个的人，是小宇宙，是他对世界与人的全部确信或无知。凡是能够解析的对象，都是贫瘠的和乏味的。艺术的想象，无疑具有轻灵、拔地而起的能力，这使它好像跟实在的现实没有关系。不对，想象虽然离开了那个具体、不能溶解于艺术的实体的现实，想象却必须关照、回顾、反哺那个现实。否则，想象不可能走多远，那样的想象也没有什么意义。

（《沉默与言说——2015年札记》，《诗歌月刊》2016年第1期）

●**牛学智**认为，彻底的口语化用词、彻底的日常化句式，包括彻底的日常生活形式框架，都不是评价一首诗是不是坏诗的首要根据，标志一首诗是不是坏诗、非诗，甚至流水账、废话的，是诗人是否胸怀天下，是否真的用真切的生命体验观照外部世界。这时候，任何理由的时髦价值、任何圆熟的前卫技术，都必然首先为诗对世界、对社会现实、对无数个人的遭遇孤注一掷，去卖命、去咳血、去痛苦、去孤独、去寂寞。否则，读者便没有任何动力放下手机、放下鼠标，为一个与自己无关的文字游戏去无聊地消耗时间。

（《宁夏"60后"作家的三副面孔》，《朔方》2016年第1期）

●**张晓琴**认为，网络时期精英知识分子被进一步推挤，大众知识分子开始一统山河，"人的文学"已经演变为"身体写作"、"欲望写作"。就像福柯所说的那样，人被知识、欲望终结了，传统意义上的神性写作者彻底死了。也正是因为他的死亡，旧的写作伦理才被打破，新的写作伦理得以确立，而新的书写者也才产生。这便是大量网民的书写。从圣人移到精英知识分子，最后到大众，这显然是一种下降的趋势。作者在不同阶段都有不同的死亡方式，而其每一次的死亡，便是文学的新生。大众书写的网络时期，作者已死，无数的书写者诞生。书写者不再听命于神的召唤，也不再坚持精英知识分子的立场，而是随心所欲地书写，是娱乐书写。

（《表象的恐慌与本质的自由：对新媒体时代文学境遇的另一种思考》，《创作与评论》2016年1月下半月刊）

●**乔叶**认为任何身份都会带来限制，对于一个写作者而言，没有完美的身份。而写作的张力也恰恰来自于限制。至于历史观，我不觉得一个作家应该有一个历史观，那是政治学家或者历史学家的事。作家关心和体现的应该是人，历史中的人和历史中的人性。写作说到底是个人的事，也都是拿作品说话的事，读者不会因为你是70后就会格外厚待你，也不会因为你是90后就特别纵容你。对于一个写作者而言，我觉得最根本的敌人永远是在自己内部，有个词叫祸起萧墙，我认为最根本的挑战就是"战起萧墙"，是自己对自己的挑战。我觉得最关键的是要清楚自己到底想要的是什么，最想要的是什么？清楚了这个，所有的冲击都不足为惧。

（《生活中的一切都是文学的财富——对话乔叶》，《江南》2016年第1期）

●**欧阳昱**认为，要"把你写进诗"就是把人写进诗，包括素不相识的路人，即凡是能让我产生诗意的人，尤其是平头百姓。诗是什么？从这个意义上讲，诗就是一个既要让诗人活、让大人物活，也要让名不见经传的人见经传，通过我诗而活下来。一个带着语言行走的人，所到之处、所到之国，都会自觉地把注意力转向该国的语言，并将其与自己的母语和父语（我个人的独创）进行对比，令其入诗。

（《把你写进诗：漫谈诗歌的全球写作》，《华文文学》2016年第1期）

●**艾伟**认为，六十年代作家在中国是非常特殊的一代，作家的童年记忆是十年"文革"，然后在他的少年、青年及中年经历了中国的改革开放，因此这一代作家身上有非常特殊的气质。年少时，因革命意识形态喂养，他们具有宏大的"理想主义"的情怀，又在改革开放的年代里见证了"革命意识形态"破产后时代及人心的阵痛，见证了"信仰"崩溃后一个空前膨胀的物欲世界。这些经历让这一代作家建立了双向批判的目光。它既是"革命意识形态"的批判者，也是"市场欲望"的批判者。

（《生于六十年代——中国六十年代作家的精神历程》，《花城》2016年第1期）

●**阿来**认为，古代是一个诗歌时代，中国外国都是诗歌时代，外国包括描述他们宇宙观的《失乐园》那些都是，讲述历史的也是诗歌。文字越普及越发达，诗歌的受众肯定越强些。但是从消费主义开始，诗歌更多的是一种自我满足，叙事文学有吸引更多读者的可能性。任何一个社会发展到一定程度，中国大概到唐宋时期，叙事文学就开始发展，其实是因为城市的发展，消费的发展而导致的。中国叙事诗不强大大概是和汉语的功能有关系。西方诗歌，尤其是现代派意象派之后，西方诗歌也变得慢慢向中国诗歌学习，中国诗歌也向西方诗歌学习，所以变成全球的一体的诗歌状态，西方诗歌虽然有叙事传统它也停止叙事。

（《文学总是要面临一些问题——都江堰青年作家班上的演讲》，《美文》2016年第1期）

●**关晶晶**认为，艺术创作是体验、感受、自我探索的过程，艺术不是思想，它可以是思想性的，或是前思想的，但它必须以不同于思想的特征来呈现。任何关于精神的活动都可以是"思想性的"、"前思想的"，它只是描述了一种向度，但它不能区别不同的精神活动。艺术作品可以因创作者而带进一些思想性、宗教性或者科学性，但它们只在艺术创作中作为遥远而深蓄的背景存在。艺术就是艺术，艺术本体不应该也承载不了思想、宗教或者科学。我觉得生命的体验、感受，生命的状态要大于作品，大于思想性、宗教性、科学性。

（《关晶晶：从来就是这样》，《青年作家》2016年第1期）

●**曾蒙**认为，把诗人经验改写为公共事件或者把对公共事件的观点切换成为个体的思考，这或者是一种写作才能，更是一个诗人成熟成为标新立异的创作冲动。种种道德约束、人为的成见都不会成为阻挡写作的动力。有时候我们看到小诗人的作品单独拿出来，比大诗人的要完美得多，但大诗人有一个明显的优点，那就是他总是持续地发展自己，一旦他学会了一种类型的诗歌写作，他立刻转向了其他方向，去寻找新的主题和新的形式，或两者同时进行。不断地转变、突围，不断地试验，以语言作为盾牌，又使得语言成为语言。写作的难度被不断超越，不断形成新的难度，不断地突破自己。这是个周而复始、没有终点的圆周运动，哪里都是起点，这也是诗人不断创造的源泉和秘密。

（《在天空之上是我的葬礼》，《青春》2016年第1期）

●**陈仲义**认为，现代诗经典化是时代语境、文本属性、审美习惯、接受口味、价值观念等诸多因素博弈与合力的结果。现代诗经典化的"大指标"应充分考虑时空维度下的原创性、影响力与超越性三种。现代诗经典化需要漫长时空的筛选、甄别与耐心等等。它是集体记忆表层与深层铭刻的共同产物，其最显著标示是"流传"。现代诗经典化不同于诗歌标准的理性、抽象的"说教"，而是充满活的感性的形象化的"外延"。现代诗经典化意味着承认诗歌某些恒久性元素及其合法性，它们的留守与变异是继续重铸经典的支柱。

（《现代诗：不可或缺的经典化》，《南方文坛》2016年第1期）

诗语花香
——故缘夜话六十二弹

◆ 朱 妍

丙申年的武汉春意有些姗姗来迟,好在寒意也在渐渐褪去,空气中,也有了若隐若现的花香。

早来的人们发现,今夜"故缘"的桌上有了一些不一样的色彩:一摞基调明媚的绘本静静躺在桌上,封面上的小男孩阳光活泼,童真的气息扑面而来。

"等阎志来了,一定要让他签名后送给我们啊,我要带回去给我的小外孙看!"谢克强一早就打好了"算盘"。

等待阎志签名的,正是他和儿子阎锦、女儿阎格共同创作的童话诗绘本《小维故事书》系列。今年3月,《小维故事书》系列第二册《说好的再见》获得了"2015年冰心儿童图书奖",引起了广泛关注。

"父亲和儿女共同参与创作,是这册图书最新颖别致的地方,闪动着孩子纯真的情感,又有成人的导引和哲思,读来令人感动。正是纸面上跳跃着的两代人之间的关爱、支持和温暖,打动了评委。"

这种温暖的亲子互动式共同创作,也成了"故缘"众人送给孩子们的首选。阎志才一进门,大家就围上前去,孙子、外孙、女儿、儿子的名字写了一大堆,连没有孩子的也"近水楼台先得月"捧回去一本,替未来的宝贝收藏起来。

本卷相关

"大家都到齐了,我们就来看看本卷样书吧。头条诗人西娃的诗反复几次,我就不说了,你们看看吧。这次的'女性诗人'是湖北省的青年女诗人张洁,算是个新人吧,你们也看一下。"谢克强翻开书说道。

《中国诗歌》从不局限于一省一地,但也不吝于发现优秀的湖北作者。张洁的诗歌被发现于自由来稿中,稿件历经几次往来后,成为新一卷的"女性诗人"作品。

"说到女性诗人,最近池莉在《上海文学》上发的一组诗你们都看了吗?相当不错啊!"车延高眼睛里又闪现出发现宝贝似的光芒。

"池莉那一组我看了,确实不错,谢老师可以选一下。"阎志也赞同道。

"池莉最早的作品就是诗,处女作就发在我曾经供职的《长江》文学丛刊上。"谢克强接着说。其实池莉从来没有停止过写诗,诗成为了她文学世界里的"私人用品"。此次发表的9

首诗歌，是她即将出版的《池莉诗集》里的诗作，"渗透疼痛和沧桑，亦透露历经世事后的通达"。

等着看吧，大家将在《中国诗歌》中与池莉以诗歌的方式相遇。

"我要把春天的第一首诗送给你"

"前几天的'珞珈诗会'开得怎么样？我去外面参加活动，错过了很遗憾啊！"讨论间隙，谢克强说起了刚刚举办的"庆祝世界诗歌日暨'珞珈诗派'诗歌朗诵会"。

"樱花道上千回过，桂子楼头几度歌。" 3月20日，"珞珈诗派"的代表诗人车延高、李少君、黄斌、李建春等与来自全国各地的知名诗人、武汉大学学子、爱好诗歌的市民一起来到卓尔书店，共同赏析诗歌魅力。

"珞珈诗派"，源自1980年代中期李少君、洪烛、陈勇、单子杰、黄斌、孔令军、张静的诗兴之举，随后被珞珈山诗人们广泛接受，山脚下的各大文学社如"77诗社"、"珞珈山诗社"等一代一代相互传承，都以自己的实际行动践行了珞珈山上发源的自由精神、包容思想和诗意生活。

"我要把春天的第一首诗／送给你／把怀念、生长、赞美写成一首诗／送给你……"诗会现场，多名高校学子和市民踊跃朗诵自己喜爱的诗歌，兴之所至，出席诗会的武汉大学校长李晓红院士也诵读了阎志的诗作《赞美》，赢得阵阵掌声。

春天注定是个诗意的季节，当这本《中国诗歌》送到各位手中时，一定还有着淡淡的樱花香呢。

"低头族"及其他

"我们这一群人办的事越来越有意思了，从首届武汉诗歌节到珞珈诗会，逐渐让诗意在一个城市里弥漫，延续起武汉的诗歌传统，很有意义！"车延高笑道。

"我们的《诗书画》现在影响也蛮大，我去云南碰到雷平阳，他跟我说想在武汉做一个书法展览，我建议就放在今年诗歌节举行。"谢克强眉宇间很有些得意。"这是个好创意啊，可以放在诗歌节期间。"阎志说道。

"我发现你们都乐于在手机上看东西啊，但我觉得看纸质东西还是一种乐趣。"谢克强感叹道。

"世界上最远的距离不是生与死，而是我们坐在一起，你却在低头玩手机。"说话间，车延高和邹建军还饶有兴致地分享起了手机里有趣的视频。谢克强更加感慨了，忆起当年来：

"当初我喜欢的是唐诗宋词，1963年春天，我读初三，班里订了《中国青年报》，我看到了第一首新诗——贺敬之的《雷锋之歌》，我一看，'诗还可以这样写啊？'这是我第一次接触新诗，也就开始学写新诗了。直到现在我还是喜欢读纸质文字，边读边思，在手机上看就没有这种感觉。"

"那些诗读起来确实让人热血沸腾啊，比如郭小川《团泊洼的秋天》，现在读起来也特别好！"看来共同的文化印记也唤起了车延高的兴趣，他兴致勃勃地现场朗诵起来。

"不过谢老师，手机和网络也给我们带来了几多乐趣呦，你看前几次向你推荐的几个作者，不都是我在网上发现的吗？"车延高笑道。

2007年1月，乔布斯正式发布一款尺寸比一块巧克力大不了多少的智能手机时承诺："这个东西将改变一切。"他没有夸张。改变并不可怕，手机和网络也不是洪水猛兽。只要不为物所役，就能不忘初心。

外面春光正好，带着自拍杆去拍拍花红柳绿，或者携一本诗集坐草坪上看看蓝天都是幸福的，你说呢？

醉芙蓉
—— 给SM

你深爱的人忽然离你而去
所有对逝者的非议
你都不能容忍
所有生活的重担
你都默然承受
赡养与抚育

你不再轻意裸露心迹
也无需将自己托付别人
就像每个人的命运
都要自己承担一样

夜晚有时一个人睡不着
你就走出屋子看月亮
看残月如钩
闪着金属般的坚韧
也怀想一轮圆月的清辉
更主要是去看一看醉芙蓉
记得她早上穿着素白
下午换作红妆
此刻却已凋零
多像自己的一生
浓烈短暂地爱过

融会贯通

長樂無極

乙未初秋
良勝

长乐无极

书法是有灵性的字。一幅作品要有整体感和整体美。能简能静是一种境界。

字要看骨力和内劲。临帖可适当放大字体。使锋毫入纸以增加骨力。临帖以养手。读书读帖则可养眼养心。

看明清手札可悟章法变化。留白很重要。好的建筑设计师以天空为底衬来剪裁空间。

故乡黯黯锁玄云，遥夜迢迢隔上春。
岁暮何堪再惆怅，且持卮酒食河豚。

华灯照宴敞豪门，娇女严装侍玉樽。
忽忆情亲焦土下，佯看罗袜掩啼痕。

无情未必真豪杰，怜子如何不丈夫？
知否兴风狂啸者，回眸时看小於菟。

大野多钩棘,长天列战云。
几家春袅袅,万籁静喑喑。
下土惟秦醉,中流辍越吟。
风波一浩荡,花树已萧森。

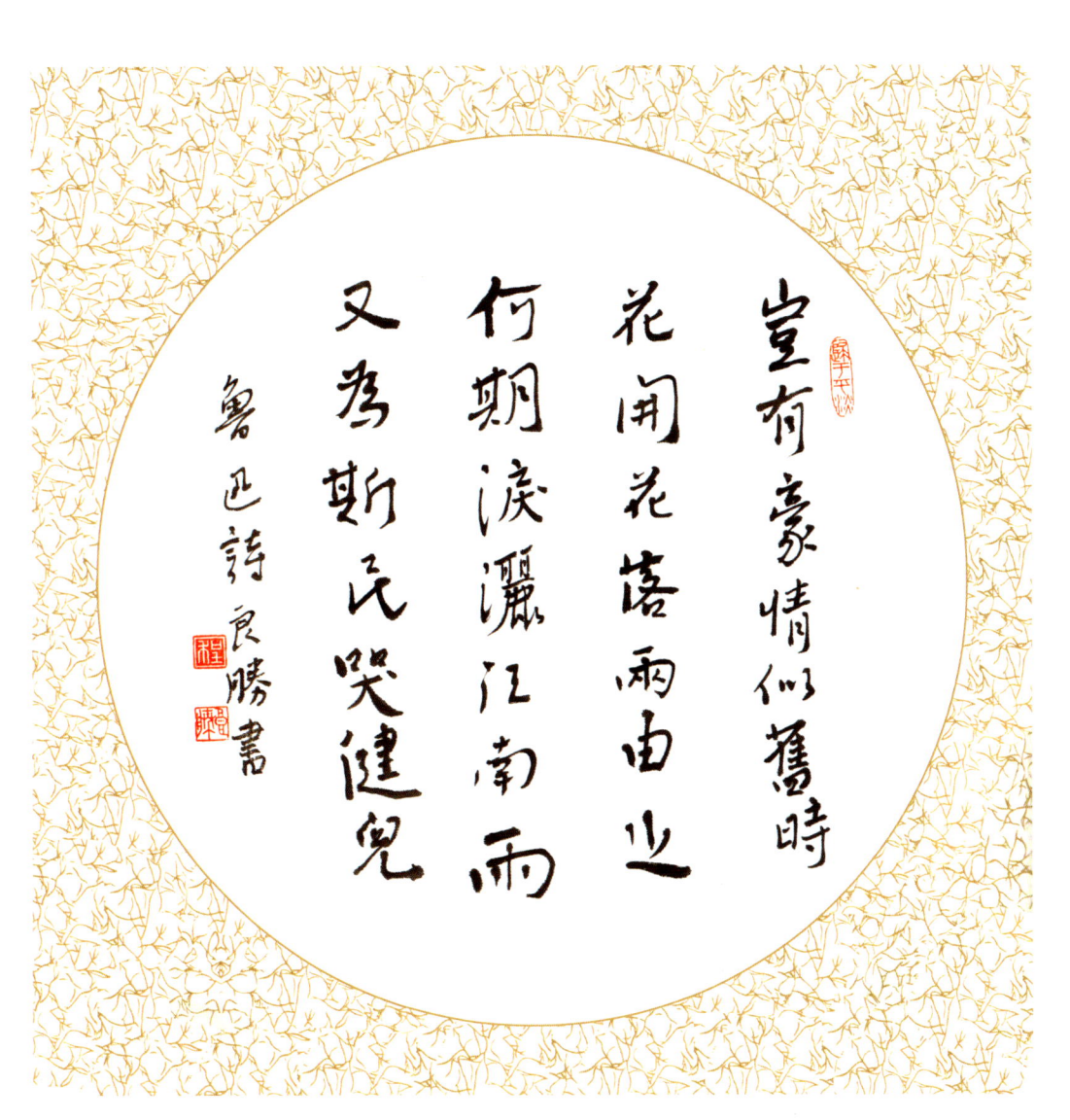

岂有豪情似旧时，花开花落两由之。
何期泪洒江南雨，又为斯民哭健儿。

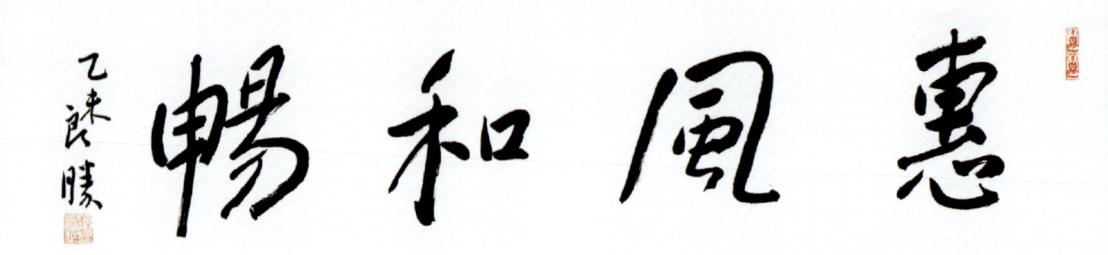

惠风和畅

真实不虚

唐人诗四首

寂寞无聊九夏中，傍檐依壁待清风。不因奇策无人问，不及南阳一卧龙。唐刘蕡才者春郊

自古逢秋悲寂寥，我言秋日胜春朝。晴空一鹤排云上，便引诗情到碧霄。
唐刘禹锡秋词

青海长云暗雪山，孤城遥望玉门关。黄沙百战穿金甲，不破楼兰终不还。
唐王昌龄从军行

欲为圣明除弊事，肯将衰朽惜残年。云横秦岭家何在，雪拥蓝关马不前。
唐韩愈左迁至蓝关示侄孙湘

不惜千金买宝刀，貂裘换酒也堪豪。一腔热血勤珍重，洒去犹能化碧涛。
秋瑾宝刀歌

昔人已乘黄鹤去，此地空余黄鹤楼。黄鹤一去不复返，白云千载空悠悠。晴川历历汉阳树，芳草萋萋鹦鹉洲。日暮乡关何处是，烟波江上使人愁。
唐崔颢黄鹤楼

春风疑不到天涯，二月山城未见花。残雪压枝犹有橘，冻雷惊笋欲抽芽。夜闻归雁生乡思，病入新年感物华。曾是洛阳花下客，野芳虽晚不须嗟。
宋欧阳修戏答元珍

新辛亥秋抄华章志海

石未稍含武湿东，但扣锺。渴道蜀苦像宫，携走遍岳寺泉听不倦。亚怜楼人峰最高处，此心期，兴故人同。

庚寅岁于长滕抄古唐人诗四首

静听风雨中观界外尘远
动容天地宽空世间名声

癸巳程良胜

松柏本孤直　難為桃李顏　昭昭嚴子陵
垂釣滄波間　身將客星隱　心與浮雲
閑　長揖萬乘君　還歸富春山
清風灑六合　邈然不可攀
使我長嘆息　冥棲巖石間
走東溟　白日落西海　逝川與流
光　飄忽不相待
春容捨我去　秋髮已衰改
人生非寒松　年貌豈長在　吾
當乘雲螭　吸景駐光彩
太白詩兩首　壬辰秋良勝

李太白诗两首

清香满室佛入定
明月出海天为高

乙未 良腾

山不在高，有仙则名。水不在深，有龙则灵。斯是陋室，惟吾德馨。苔痕上阶绿，草色入帘青。谈笑有鸿儒，往来无白丁。可以调素琴，阅金经。无丝竹之乱耳，无案牍之劳形。南阳诸葛庐，西蜀子云亭。孔子云：何陋之有？

唐刘禹锡陋室铭 壬辰秋 良腾于东湖

刘禹锡《陋室铭》

相见时难别亦难，东风无力百花残。
春蚕到死丝方尽，蜡炬成灰泪始干。
晓镜但愁云鬓改，夜吟应觉月光寒。
蓬山此去无多路，青鸟殷勤为探看。

昨夜星辰昨夜风，画楼西畔桂堂东。
身无彩凤双飞翼，心有灵犀一点通。
隔座送钩春酒暖，分曹射覆蜡灯红。
嗟余听鼓应官去，走马兰台类转蓬。

锦瑟无端五十弦，一弦一柱思华年。
庄生晓梦迷蝴蝶，望帝春心托杜鹃。
沧海月明珠有泪，蓝田日暖玉生烟。
此情可待成追忆，只是当时已惘然。

己丑之良晖 录李商隐诗三首

李商隐诗三首